二見文庫

人妻　淫萌え【みだらもえ】

雨宮　慶

目次

淫萌え

1

新年会で酔っぱらってしまった松尾課長をマンションの自宅まで送り届けてすぐに帰ろうしたのだが、奥さんに引き止められてリビングルームで待っていると、課長を寝室に連れていった奥さんがもどってきた。

「ごめんなさい、新年早々迷惑をかけちゃって」

「いえ、どうってことないですよ。それより今年もよろしくお願いします」

申し訳なさそうに謝る奥さんに、俺はソファから立ち上がってそういって頭を下げた。

「あら、そうね、新年の挨拶がまだだったわね。こちらこそ、よろしくお願いします」

奥さんも頭を下げた。

俺は日頃から公私にわたって松尾課長と奥さんに世話になっている。仕事上では区役所の住民課の職員として上司である松尾課長によく面倒を見てもらっているし、プライベートではときおり自宅に招かれて奥さんの手料理をご馳走になったりしている。

プライベートのほうは、酒好きだけどあまり強くない課長が今夜のように酔っぱらったときの介抱係が俺で、それもあって独身の俺の食生活に奥さんが気をつかってくれているのだ。

「課長、大丈夫ですか？」

俺は訊いた。

「ええ。いつものとおり、バタンキューよ」

奥さんは笑っていった。珍しく、奥さんも少し酔っているようだ。ひとりで飲んでいたらしく、リビングのローテーブルの上には缶ビールとグラス、それにツマミの乾きものがあった。

「そうですか。じゃあぼくはこれで……」

「あ、待って」

コートを手にして帰ろうとすると奥さんにあわてて引き止められた。

「八木(やぎ)くん、まだ大丈夫でしょ?……わたし、さっきまでひとりで飲んでたの。少し付き合って」

「ええ……あ、でも、もうこんな時間ですし、第一、課長が――」

「いいのよ、気にしなくて。主人はもうぐっすりよ。大地震がきても起きないわ。酔っぱらって寝ちゃうとそういうヒトなの」

奥さんが遮(さえぎ)っていった。

「時間だってまだ十時をまわったばかりだし、それに明日はお休みでしょ。ね、だから、さ、座って」

「あ、はい……」

奥さんに腕を抱えられて促された俺は、ドギマギしながらソファに腰を下ろした。腕に奥さんのセーター越しに重たげに張った胸の膨らみを感じたからだ。

「ちょっと待ってて」

奥さんは妙にウキウキしたような表情と声でいうとその場を離れた。キッチンに向かっている。その後ろ姿を見て、俺はふとエロティックな気分に襲われた。腕に残っている胸の膨らみの感触のせいか、グレーのセーターに黒いタイトスカートを穿いている奥さんの、むちっとした、それでいて形のいいヒップがいつもよりも生々しく見えた。

いつもより……そう、俺は奥さんのことをいつも〝女〟として見ていたのだ。というのも俺の女の好みはどちらかといえば熟女タイプで、松尾課長の奥さんは美形というのではないけれど優しげななかに色っぽさがある顔立ちをしていて、スタイルもいい。まさに俺のタイプだったのだ。

もっとも、〝女〟として見ていたといっても相手は課長の奥さんだから、もとより憧れの域を出ないものだった。

奥さんは松尾課長より五歳若い三十七歳で、女子高の世界史の教師だ。結婚してちょうど十年になるそうだけど、子供はいない。

課長と奥さんのような夫婦を似た者夫婦というのかもしれない。ふたりそろって真面目な人柄で、仲もいい。

ただ、なぜか今夜の奥さんはいつもとようすがちがっていた。酒は課長よりも強いということだったが、いままで俺が食事に呼ばれたときも乾杯する程度にしか飲まなかったし、課長を送ってきたとき飲んでいたこともなかった。

それが今夜にかぎってひとりで飲んで少し酔っているようすだ。しかもまだ飲み足りないらしく、俺に付き合ってと頼んだ。しかも俺が課長が寝てしまったのを気にすると、秘密めかしたような表情で——そう、あのときの奥さんの表情はそうだった——そのほうが好都合のような口ぶりで……。

ともあれ、これまで俺が抱いていた奥さんのイメージからすると、すべてが意外だった。

そんなことを思っていると、奥さんが缶ビールとグラスをトレーに載せてもどってきた。

「じゃあとりあえず、今年もよろしくってことで乾杯しましょ」

俺は戸惑った。奥さんが弾んだような声でそういいながら、ローテーブルを挟んでソファと椅子が二脚ある応接セットなのにわざわざ俺の隣に腰を下ろしたからだ。

奥さんが缶ビールを開けて二つのグラスにビールを満した。あらためて新年の挨拶を交わしてグラスを合わせ、乾杯した。

俺がグラスを半分ほど空けて奥さんを見ると、一気に飲み干している。飲みっぷりに驚くと同時に、そのとき初めて奥さんが素足なのに気づいた。

十分暖房が効いている自宅にいるといっても真冬に素足？

妙に思いながら、のけぞってビールを飲んでいる奥さんの胸元に眼がいって、ドキッとした。セーターの生々しい膨らみの感じからしてノーブラのようだ。

「どうかして?」

ビールを飲み干した奥さんに訊かれて、俺はあわてた。

「あ、いえ……奥さんの飲みっぷりがいいので……ほんと、課長よりだいぶ強そうですね」

「そうね……でも、今夜は無理して飲んでるのよ」

奥さんが笑みを浮かべていうと、俺のグラスにビールを注ぎ足す。いま奥さんが口にしたことも、その笑みも意味深な感じだ。

「無理して? どうしてです?」

俺は訊いた。俺のグラスにつづいて自分のグラスにビールを注ごうとしていた奥さんがその手を止め、考える顔つきになった。

「お酒の力を借りて、いままでのわたしとはちがうわたしになりたいから、というか、変身したいから……」

ビールを注ぎながら、また意味深なことをいう。それもどこか思い詰めたような表情で。

「さ、八木くんも飲んで」

俺が戸惑っていると、奥さんがグラスを持ち上げて促す。奥さんにつられて、こんどは俺も飲み干した。

そのとき、奥さんがもたれかかってきたのでドキッとした。

「ね、なぜだかわかる？　どうしてわたしが変身したいのか」

もたれかかったまま、秘密めかしたように、甘ったるい口調で訊く。

「いえ……」

俺はドキドキしながらいった。声がうわずって、それだけいうのがやっとだった。

「あのね、八木くんを、誘惑したいからよ」

奥さんが信じられないことをいいながら、あろうことか俺の手を取って胸に押しつけ、一方の手を俺の内腿に這わせてきた。

俺はあわてふためいた。

「奥さん……そんな……だめですよ……いけないですよ……」

「わかってるわ、わかってるけど、もうだめなの、我慢できないの」

奥さんは切羽詰まった感じで囁くようにいいながら、俺の手を胸の膨らみにこすりつけ、同時に手で俺の股間をまさぐるように撫でまわす。

「それとも八木くん、わたしみたいなおばさんじゃいや？」

「そんな……でも、課長に――」

いきなり奥さんの手で口を塞がれた。

「やめて。いわないで」

そのまま奥さんが小声で強くいった。

俺はたじろいで奥さんの顔を見た。怒ったような表情をしている。だがすぐにわかった。興奮して表情が強張っているのだと。

奥さんが妖しい眼つきで俺を見つめたまま、俺の股間をいやらしい手つきで撫でまわす。

俺はうろたえた。だめだ、いけない、いけない、と胸のなかで必死に自分に言い聞かせた。だが二十六歳の分身に聞き入れる余裕はなかった。そればかりかたちまち感応して強張ってしまい、みるみるズボンを突き上げてしまった。

「ああすごいッ。もうこんなに……八木くん、きて……」

奥さんが昂（たかぶ）った喘ぐような声でいって立ち上がった。手を取られて俺も立ち上がった。奥さんが俺のスーツの上着を脱がせた。

2

奥さんは俺をキッチンに連れていった。両腕を俺の首にまわすとリビングルームのほうを見て、

「ここなら、もしものときでも、すぐにはわからないわ」

という。

奥さんの軀を感じてドキドキしながら俺もリビングルームのほうを見た。奥さんのいうとおりだ。万一課長がトイレにでも起き出してきて、リビングを覗いたとしてもすぐにキッチンは見えない。リビングに入ってくればキッチンの窓から中が見えるけれど、中にいる二人の半身しか見えない。

「ね、抱いて」

奥さんが囁いて軀をくねらせた。

両手をどうすべきか迷っていた俺は、誘惑に抗しきれず奥さんの背中にまわした。

奥さんが顔を仰向けて眼をつむった。キスを待っている。課長の顔が脳裏をよ

ぎった。が、胸に密着している乳房の感触と、勃起しているペニスをくすぐるような奥さんの腰のうごめきに、カッと頭に血が上って、俺は奥さんの唇に唇をつけた。

舌をからめ合った。先に奥さんがからめてきて、俺のほうが誘われた恰好だった。

濃厚なキスを交わしていると、奥さんがせつなげな鼻声を洩らして俺の手を取ってセーターの胸に導いた。

俺は膨らみを揉んだ。すぐにノーブラだとわかった。その生々しい感触に煽られてセーターの裾から手を入れ、直接乳房をとらえて揉みたてた。

程々にボリュームも張りもある乳房は、すでに乳首が勃(た)って、こりっとしていた。膨らみを揉むと同時に指先で乳首をこねた。

奥さんが呻いて唇を離した。みずから両手でセーターを引き上げる。きれいな紡錘形の乳房がむき出しになった。勃起している乳首も、これまたきれいな色をしている。

その乳首に、俺はしゃぶりついた。吸いたて、舌でこねた。奥さんが俺の頭を抱え、抑えた感じのせつなげな喘ぎ声を洩らす。

俺は上目遣いに奥さんを見た。その心配はないといいつつも万一が頭から離れないのだろう。悩ましさのなかに緊張も感じられるような表情でリビングのほうを見ている。

奥さんが俺を押しやって、前にひざまずいた。興奮した、というより欲情しきったような表情で俺のズボンの前に手を這わせると、チャックを下ろしていく。

俺はされるままになって奥さんを見下ろしていた。奥さんがズボンの前を開き、露骨に突き出ているトランクスを下げた。

ブルンと大きく弾んでペニスが露出した。同時に「ああッ」と奥さんがふるえをおびたような声を洩らした。そのまま数秒、ペニスを食い入るように凝視したあと、そっとおしいただくようにして手にすると唇を近寄せてきた。そして眼をつむると、舌を覗かせて亀頭にからめてくる。

俺は呆気に取られていた。目の前の光景が信じられなかった。信じられないといえば今夜の奥さんのことすべてがそうだった。あの真面目で淑やかな奥さんがここまでするなんて、しかもこんないやらしいフェラをするなんて……。

奥さんはフェラチオをはじめるとすぐに夢中になった。ペニスを美味しそうに舐めまわしたり咥えてしごいたりを繰り返しながら、そればかりか驚いたことに手で玉袋をくすぐるように撫でまわしている。しかもそうすることで奥さん自身ますます興奮しているらしく、ときおりたまらなそうな鼻声を洩らしながら。

呆気に取られていたのも束の間、俺は奥さんとリビングを交互に見ながら、たちまち暴発してしまいそうな快感を必死にこらえなければならなくなった。

「ああ奥さん、奥さんのフェラすごいから、もう我慢できなくなっちゃいそうです」

ついに俺は悲鳴をあげて腰を引いた。

奥さんの口から出た怒張が大きく跳ねた。夢中になっていたせいか、奥さんはそれを茫然としたような表情で見ていたが、すぐに我に返ったようすで「ああ」と昂った喘ぎ声を洩らした。

俺は奥さんを抱いて立たせた。興奮しきった表情で息を弾ませている奥さんを調理器具が置いてある台を背にもたれさせた。そうすると、奥さんがリビングが見える状態になる。そこでこんどは俺のほうが奥さんの前にひざまずいて、タイトスカートを腰の上まで引き上げた。

黒いショーツをつけた下半身があらわになって、俺はドキッとした。おまけにショーツはシースルーなのだ。

奥さんは色白な肌をしているので、黒い下着がよけいにセクシーに見える。ショーツ越しに透けて見えているヘアは、かなり濃密だ。それに見るからに熟女らしい色っぽい腰の線。たまらなく官能的なその眺めに、ペニスがひとりでにうずいてひくついた。

奥さんはスカートが下がらないように両手で持って、興奮と緊張が入り混じったような表情でリビングのほうを見ている。

俺はショーツに両手をかけた。ゾクゾクしながら太腿の中程まで下ろした。脚を開かせようとすると、奥さんはされるがままに半歩ほど開いた。

逆三角形の黒々としたヘアの下に、肉びらがわずかに覗いている。その合わせ目に指を這わせてみた。ビチョッとした感触があって、奥さんが短く喘ぐと同時に腰をひくつかせた。

俺は奥さんの腰を引き寄せた。俺の意図を察してそれを奥さんも歓迎したらしく、腰を前に突き出した。

俺は両手で肉びらを分けて、クレバスに口をつけた。舌でクリトリスをまさぐってこねる。

「アアッ……いいッ……アンッ……気持ちいいッ……アアッ、もっと、もっと舐めてッ……」

奥さんが小刻みに腰を振りながら、抑えた声で快感を訴え、催促する。たまらなそうな腰の動きとその声に、俺は興奮を煽られた。

俺を誘惑する気で奥さんは興奮して欲情し、最初から濡れてクリトリスも充血して膨れてきていたらしい。そのクリトリスを舌でこねまわしているとみるみる勃起して、ビンビンになってきた。それをさらに攻めたてるように舌で弾いていると、「ダメッ」と奥さんが切迫した声でいうなり俺の頭を抱え込んだ。

「ああイクッ、イクイクッ、イッちゃう！」

ふるえ声でいいながらガクガク腰を振りたてる。

俺は立ち上がった。

「きてッ……後ろからしてッ」

奥さんが欲情に取り憑かれたような表情で息を弾ませながらいうと、シンクにつかまって前屈みになり、ぐっとヒップを突き出した。

この体勢で交わると、ふたりともリビングが見える。

俺は奥さんの後ろに立った。いやらしいほどむっちりとしたヒップが逆ハート型を描いて、その割れ目に愛液と俺の唾液にまみれた肉びらがわずかに口を開けてあからさまになっている。ペニスを手にして肉びらの間をまさぐった。

「アアきてッ……してッ」

奥さんがヒップをもどかしそうにくねらせて求める。

俺は押し入った。ヌルーッとペニスが蜜壷に滑り込む。同時に奥さんが呻いてのけぞった。

両手でむっちりとしたヒップをつかんでペニスを抜き挿しした。奥さんが荒い息遣いまじりに泣くような小さな喘ぎ声を洩らす。

俺は腰を遣いながら股間とリビングを交互に見た。奥さんもリビングから眼が離せないらしい。顔を上げている。

ふと、酒に酔って眠って夢を見ているのではないかと思った。課長の奥さんとセックスしているなんて信じられない。しかも課長が眠っている間に自宅のキッチンで、奥さんを後ろからズコズコしてるなんて……。

もちろん夢なんかではない。現実だ、事実だ。俺と奥さんは繋がって、もろにいやらしい眺めが見えている。薄い唇のような肉びらの間にペニスが突き入って、ピストン運動している。肉びらもペニスも蜜にまみれて濡れ光っている。その上に褐色のアヌスがあらわになっている。

頭のなかが興奮でいっぱいになる。ペニスから軀がふるえそうな快感がわきあがる。

奥さんの蜜壺は、ペニスを抜き挿ししているとくちゅくちゅと音がしそうなほど濡れているというのに、ねっとりとペニスにからみついてくすぐりたてるような感覚がある。

「アアいいッ……八木くん、いいわッ、いいのッ」

奥さんが息せききって抑えた声で快感を訴える。

「おねがいッ……いまもし主人がきても、やめちゃいやよ、やめないでッ……いいのッ、もうどうなってもいいのッ」

それを聞いて俺はふと思った。奥さんは、いまここに課長が現れたら……という恐怖をスリリングな刺戟に感じているらしい。それでよけいに興奮しているようだ。

「ねッ、八木くん、もっと、もっとしてッ」

なおも奥さんはうわごとのようにいいながら、自分も軀を律動させる。

「ええ……ああッ、でも奥さんの、すごくいいから、もうたまんなくなりそうですよ」

俺は本音を洩らした。ペニスからわきあがる快感のうずきをこらえるのに必死だった。

「わたしのどこ？　どこがいいの？」

奥さんが訊く。

ここ、といいかけてとっさにやめた。奥さんはもっといやらしい言われ方をされたがっているんじゃないか。そう思ったのだ。そんなこと、真面目で淑やかな奥さんからは考えられないことだけど、ここまで信じられないような奥さんを見せつけられてきたからかもしれない。俺はいった。

「奥さんのお××こです。奥さんのお××こ、たまらないほどいいんですよ」

「アアッ、わたしもよッ……お××こいいッ、いいのッ……それに、八木くんのペニスもいいわッ、硬くてたまらない……」

奥さんが昂った声でいう。あからさまなことをいわれたりいったりして、一気に興奮が高まってきた感じだ。

それより奥さんがそんないやらしいことをいうのを聞いて、俺のほうがマジにたまらなくなった。

「奥さん、俺、もう我慢できませんよ。イッちゃっていいですか」

腰遣いを速めて訊くと、

「いいッ、いいわッ……イッて、わたしもイクわッ……出してッ、いっぱい出してッ」

奥さんも俺の動きに合わせて律動しながら切迫した声で求める。

俺は我慢を解き放って激しく突きたてていった。

3

わかってるわ、わかってるけど、もうだめなの、我慢できないの……。

八木くんが住んでいるマンションに向かう途中、昨夜、彼にいった言葉が生々しく頭に浮かんできた。

あれがわたしの本当の気持ち……だから、後悔はしていない。

でも……夫には申し訳ないと思う。わたし自身、ひどい女だと思う……。

ただ、アレを見なければ、そして、夫とのセックスがもっとちがっていたら、こんなことにはならなかったはず……。

三カ月ほど前——遅ればせながら、ホームページを作ってみようかと思ってパソコンに向かっていたときのことだった。

それまでパソコンは仕事用にデータ処理やワープロの機能ぐらいしか使ってなくて、インターネットはほとんど素人同然のわたしだった。

ところがそのとき、参考のために無料のホームページを覗いていて、とんでもないものを見てしまったのだ。

『無修正アダルト動画』

という怪しげなタイトルのホームページ——実際それまでのわたしはそういうことにまったく疎くて、ただ怪しげというだけでそれがどういうものかわからなかった——で、なんだろうと思いながら覗いてみると、いきなりパソコンの画面に現れたのは、あろうことか、女性がエレクトしているペニスを咥えているワイセツな画像だった。

見た瞬間、いきなり頭を殴打されたような衝撃を受けた。ほとんど同時にわたしはあわてて後ろを振り返った。こんなワイセツなものを見ているところを誰かに見られたら——と、激しくうろたえたのだ。そこが自宅のわたしの部屋で、夫は出かけていて、いるのはわたしひとりということも頭からすっ飛んでしまうほどに。

ところがその心配はないとわかったとたん、わたしのなかに信じられない変化が起きてしまったのだ。

やだ、なによこれ、いやらしい……ひどい、こんないやらしいこと……胸のなかで嫌悪や侮蔑の言葉を発しながらも、フェラチオの画像以外にも数枚並んでいるワイセツな画像を食い入るように見ていたのだ。

そのときには最初の衝撃にかわってわたしの胸は激しく高鳴っていた。なんども固唾を呑み、口を開けていなければ息ができなかった。

それだけではない。軀が熱く火照って、あそこがうずき、濡れてきていた。

パソコンの画面に並んでいる画像は、女が両手で性器をひろげてピンク色の生々しい粘膜をさらけ出しているもの、いろいろな体位で交わっている男と女、その股間のアップ——肉棒のようなペニスがずっぽりと女性器を貫いているものなど、すべてが無修正のワイセツな画像だった。

さらにそれらの画像をクリックすると、それ以上に刺戟的な動画を見ることができることがわかって、その時点でわたしは本当の意味で自分を見失ってしまった。あとから思えば、クリックする前に嫌悪してやめていたら、こんなことにはならなかったはずだった。

ところが動画を見たとたん、わたしは引き返すことのできない世界に引き込まれてしまった。そして気がついたとき、片手で乳房を揉みながら、一方の手をショーツのなかに差し入れていた。オナニーは独身時代はときどきしていたが、結婚してからはしたことがなかった。

あそこはいやらしいほど濡れていた。それにたまらないほど熱くうずき、クリトリスがビンビンに膨れあがっていた。

ワイセツな動画を見ながら、わたしは乳房を揉み、指先でクリトリスをこねた。自分のしていることが信じられなかった。そのものずばりの動画を見て興奮を抑えきれなくなった自分が信じられなかった。いままでにない、べつのわたしになってしまったようだった。

実際、それからのわたしは、そのとき偶然に見たワイセツな動画のあまりの衝撃に打ちのめされて、それまでにないわたしに変わってしまった。

ただ、わたしが三十七歳という年齢ではなく、もっと若かったら、こうはならなかったにちがいない。かりにそんな画像や動画を見たとしても嫌悪感しか抱かなかったはずだ。

ところがわたしはそれ以来、アダルト動画の虜になってしまった。

なぜそんなことになってしまったのか、理由はわかっていた。それらの動画がそれまでにわたしが経験してきたセックス――わたしはバージンで結婚したので夫とのセックスしか知らないけれど――とあまりにちがっていたからだ。

わたしが見た動画のなかには、いろいろな刺戟的なシーンがあった。前戯でいえば、男女が貪り合うようなシックスナインや、女性が男性に指で膣を激しく攻めたてられて、感極まって勢いよく尿か体液を放出する〝潮吹き〟という反応。挿入してからの行為でいえば、変わった体位――例えば、女性が男性に後ろ向きにまたがった騎乗位や、女性がうつ伏せに寝たままでの後背位など。さらには男女一対一ではなく、男性二人と女性一人の三人の行為……。

そんな動画を見て、まずわたしが感じたのは、こんなセックスがあるの?! というショックと驚きだった。

そこでくりひろげられている行為は、すべてが淫らで、いやらしい。そしてそれはすべて、わたしと夫のセックスにないものだった。

それらの淫らでいやらしいセックスとわたしたち夫婦のそれを比べると、テキストに譬(たと)えるとしたら応用編と初級編ほどのちがいがあった。

夫はセックスをするときもその仕方も、真面目で堅い性格そのままだった。一言でいえば、マニュアルどおり。それも初級編のマニュアルだった。

とはいえわたし自身、インターネットでセックス動画を見るまで、夫のセックスをそんなふうに思ってはいなかった。このところ夫から求められる回数が減ってきたことや、夫のセックスに対する情熱が薄れてきたように感じられて、そのせいか勃起も弱まってきたことなど気になることはあったが、それで不満でたまらないというほどのことはなかった。

それというのもわたしも夫と似た性格だからで、ただ夫よりはわたしのほうがエッチだけれど、それでもわたしたち夫婦のセックスはふつうだと思っていた。というよりふつうとかそうでないとかということ自体、考えてみたことはなかった。

だから、わたしにとってネットのセックス動画の衝撃はよけいに大きかったのかもしれない。

動画を見てオナニーを繰り返しているうちにわたしは、いつしかこんなに淫らでいやらしいセックスをしてみたい、と願望するようになっていた。しかも日に日にその思いは強まって切実になってきていた。

けれどもその相手として夫は考えられなかった。動画を見せてこんなセックスをしたいなどといったら、唖然とされるだけではすまない。はしたないと軽蔑されるにきまっていた。真面目な夫だから、頭がおかしくなったのではないかと本気で心配するかもしれなかった。

そんなとき、わたしの頭に浮かんだのは、八木くんだった。

夫の部下で、二十六歳の独身。うちにきて一緒に食事をしているとき、付き合っていた彼女と最近別れたといっていた。

それにわたしは、八木くんがわたしに好感を持ってくれていることに気づいていた。

ただ、それを想像するのと実行することとの間には、天と地ほどの開きがあった。わたし自身、自分が夫を裏切って不倫の罪を犯すなど、到底できないと思っていた。

まして相手は夫の部下……それを想像するだけでも罪深い、許されないことだと思った。

……なのにわたしは、わたしのなかにめばえてきている欲望を抑えることができなかった。

このまま我慢するなんて耐えられない。淫らでいやらしいセックスをして、熱く燃えたい、狂いたい……。

わたしは八木くんを誘惑することにした。

4

八木くんが住んでいるマンションはすぐにわかった。昨夜彼から聞いたとおり、駅から歩いて五分程の距離にあった。

ここにくるまで徐々に高まっていたわたしの胸の高鳴りは、八木くんの部屋の前に立ってインターフォンを押した瞬間、一気に跳ね上がって息苦しいまでになった。

わたしとわかったからだろう。応答もなくドアが開いて、八木くんが顔を出した。

「どうぞ」と照れ臭そうな笑みを浮かべてうながす。わたしも笑い返して部屋に入った。早くも興奮して、自分でも顔が強張っているのがわかった。

八木くんの部屋はワンルームだった。わたしがくるとわかっていたからか、きれいに片づいていた。

「コーヒー、飲みます？　それともビールとかアルコールのほうがいいですか」

八木くんが訊く。わたしは彼を見つめたまま、かぶりを振った。

わたしはコートを脱いだだけで、部屋の真ん中で八木くんと向き合って立っていた。

わたしの気持ちを察したらしく、八木くんの表情がみるみる強張って、わたしを抱きしめてきた。息がつまるほど強く抱きしめられてわたしは喘ぎ、八木くんを抱き返した。

ほとんど同時に唇を求めてキスすると、すぐに貪り合うような情熱的なキスになった。

トレーナーの上下を着ている八木くんのペニスがみるみる勃って、ニットのワンピースを着ているわたしの下腹部を突きたててきた。その生々しい感触に、わたしはゾクッとして鼻声を洩らした。

「課長にはなんて……？」

唇を離した八木くんがかすかに息を弾ませながら訊く。

「本屋さんにいって、そのあとショッピングって……わるい女でしょ」

わたしは彼以上に息を弾ませながら、自嘲の笑みを浮かべていった。

「だったら、俺も一緒ですよ。課長には申し訳ないけど、俺、奥さんに憧れてたんです。それでこんなことになっちゃって……」

「でも、失望しちゃったでしょ？　こんないやらしい女だとわかって……」

わたしは挑発するような眼つきで八木くんを見ていいながら、肉棒と化しているペニスに下腹部をこすりつける。

「そりゃ驚いたのは確かですけど、失望なんてしてませんよ。ていうか、まったく反対ですよ。だって奥さん、すごく色っぽくて、俺、ますます好きになっちゃいましたよ」

八木くんがわたしの腰にまわしていた両手でヒップを撫でまわしながらいう。欲情が高まってか、上気した顔をしている。

「よかった、嫌われなくて。こんないやらしいおばさんいやだっていわれたらどうしようって、心配してたの」

わたしは笑っていうと、大胆に八木くんのトレーナーのズボンのなかに手を差し入れた。そのまま、下着のなかに入れて熱い肉棒を握った。

「すごい！……」

声がうわずった。

「そんなことあるわけないじゃないですか。奥さん、おばさんなんかじゃないですよ」

いいながら八木くんがワンピースの背中のジッパーを下ろしていく。

「ただ、一つだけわからないことがあるんですけど、どうして俺を誘惑しようなんて思ったんですか」

わたしはちょっと考えてからいった。

「そうね、八木くんにはもう恥ずかしいことやいやらしいこと知られてしまったんだから、そのことも正直に話したほうがいいわね」

そのほうがわたしにとっても都合がよかった。わたしは八木くんの股間から手を引き揚げると、「自分で脱ぐから八木くんも脱いで」とうながした。

昨夜はキッチンでの行為のあと、ゆっくり話している暇などなかった。翌日八木くんの部屋で逢うことを決めただけで、すぐに彼を送り出したのだった。

わたしたちは向き合って着ているものを脱いでいった。

脱ぎながらわたしは、どうして八木くんを誘惑したか、彼にすべてを話した。

「へ～、そうなんだ。アダルト動画を見て、それで……」

八木くんは驚いていった。わたしの話とわたしの下着姿にも興奮しているようすだ。

わたしはブルーの、前の逆三角形の布地がシースルーのTバックショーツだけになって、八木くんのほうも前が露骨に突き出た臙脂(えんじ)色のボクサーパンツだけになっていた。

「八木くんも見たことあるの？」

わたしは訊いた。八木くんはうなずくと、

「俺、何本か買ってます。あとで見せてあげますよ」

そういってわたしを抱き寄せた。

「オッ、Tバックじゃないですか」

八木くんが弾んだ声でいって、むき出しのヒップを両手で撫でまわす。わたしを半回転させると、

「むちむちしたヒップとTバック……う～ん、たまんないなァ」

興奮した口調でいう。両手でわたしの肩をつかんで鑑賞しているのだ。その視線を感じてわたしは尻朶を収縮させながら、「いやッ」とふるえ声を洩らした。

昨夜穿いていた黒いシースルーのショーツと今日のこのTバックは、八木くんを誘惑しようと決めてからそのために買ったもので、それまでわたしはシース

ルーもTバックも持っていなかった。ただ、そのためにといってもいきなりTバックを穿く勇気がなくて昨夜はシースルーにしたのだった。

八木くんが後ろからわたしを抱き寄せた。いつのまにかブリーフを脱いでいた。硬いペニスを尻朶に押しつけられて、ゾクッとわたしは身ぶるいして喘いだ。

「奥さん、ネットの動画みたいに、思いきりいやらしくしたいんですよね？」

八木くんが両手で乳房を揉みたてながら、耳元で囁く。わたしはヒップをくねらせてペニスにこすりつけながら、

「ええ、そうしたいの。うんといやらしくして」

うわずった声でいった。

八木くんが片方の手をショーツのなかに入れてきた。股間への侵入は太腿を締めつければ防ぐことはできるけれど、わたしはそうしなかった。そのため彼の手はすんなりと恥ずかしい部分をとらえた。

「すごいな、もうグショ濡れだ……」

そのとおりのクレバスを八木くんの指がヌルヌルこする。

「いやッ……あぁッ、だめッ……」

クリトリスからわきあがる快感に、ひとりでに腰がいやらしくうごめく。

八木くんにうながされてベッドに上がり、仰向けに寝た。

「たまらないな、奥さんの、この色っぽい軀……アダルト動画にも熟女が出てるけど、奥さんにはかなわない」

横に座った八木くんがそういいながら、わたしの裸身を指で胸から下へなぞっていく。わたしは顔を起こしてその指を眼で追いながら、喘いで裸身をうねらせる。

興奮し欲情しているせいだろう。膨らみがしこって乳首が勃っている乳房ばかりか、裸身そのものがわたしの眼にもぐっと艶かしく見える。

「せっかくのTバックだから、穿いてるとこ、よく見せてください」

いうなり八木くんがわたしの足元にまわり、両脚をつかむと膝を立てさせて開いた。

「アッ、だめッ」

思わずわたしはいった。でも脚を閉じようとはしなかった。

「いいな、割れ目に食い込んでる」

股間を覗き込んでいる八木くんが、興奮したような声でいった。

「やだ、恥ずかしい……」

八木くんの眼になにが見えているか、わたしにはわかっていて、それが脳裏に浮かびあがっていた。Tバックを家で試着して股間を見ていたからだ。そのときTバックがクレバスに食い込んだ状態を見て、自分でもひどく卑猥な感じがして軀が熱くなったものだった。

その卑猥な状態を八木くんに見られていると思うと、いまも軀が熱くなった。ただ、試着してみたときもそうだったが恥ずかしさのせいだけではなかった。興奮のせいでもあった。しかも八木くんの視線を感じているぶん、恥ずかしさも興奮もより強く、快感に似ていてひとりでに腰がうごめいてしまう。

「うんといやらしくしてほしいんでしょ？」

八木くんが訊く。わたしは黙ってうなずいた。

「取るのはもったいない感じだけど、脱がしちゃいますよ」

八木くんがショーツに両手をかけてずり下げていく。ショーツを抜き取ると、全裸になったわたしの両脚をまた大胆に開かせた。

カッと頬が火照ってわたしは顔をそむけ、腰をうねらせた。火照りは頬だけでなく、全身にまわっていた。

彼の手が秘唇を分けた。わたしは息を呑んだ。

「奥さんのお××こ、きれいですね。若い女よりずっときれいですよ」

八木くんが感動したような口調でいう。

露骨で卑猥な言い方をされてゾクゾクしながら、わたしは思った。

八木くんはそういってくれるけれど、わたしのお××こはそんなにきれいだとは思えない。ワイセツな画像や動画で見た女性たちのそれと比べると、確かに色や形はきれいなほうかもしれないけど、わたしの場合、ヘアが濃いせいで、とくに秘唇が開いたときはアワビに毛が生えているように見えて、とてもいやらしい感じだ。

わたしはそっと八木くんを見た。いやらしいわたしのお××こを、興奮した表情で覗き込んでいる。ぱっくりと秘唇を分けられているそこに、彼の視線が突き刺さるように感じられて、軀と一緒に喘ぎ声もふるえた。

「おおッ、すごいッ。お××この口がいやらしく動いて、じゅくじゅくお汁を流してる。奥さん、舐めてあげますよ」

いうなり八木くんがクレバスに口をつけてきた。クリトリスをとらえて舐めまわす。それもアダルト動画のクンニリングスのシーンを真似てか、クチュクチュと生々しい卑猥な音を響かせて。

すぐにわたしはたまらない快感に襲われて、よがり泣きしはじめた。いままでこんな泣き声を洩らしたことはなかった。八木くんのいやらしい舐め方で興奮と快感をかきたてられているのと、わたし自身いままでになく感じることに貪欲になって、実際に感じているからだった。

あっけなくわたしは昇りつめた。すると八木くんは、わたしを上にしてシックスナインの体位をとらせた。

「奥さんもいやらしくしゃぶって……」

彼にいわれるまでもなかった。ギンギンに勃起したペニスを、わたしはいやらしい音をたててしゃぶった。そうしながら手で陰のうを撫でまわした。そして、陰のうにも舌をじゃれつかせた。

「ああいいッ。奥さん、たまんないっすよ」

八木くんがうわずった声で快感を訴え、指でクリトリスをこねる。わたしはペニスを咥えてしごいた。クリトリスに生まれる快感がせつなげな鼻声になる。

そのとき八木くんが思いがけない部分を舐めはじめた。肛門、だ。身ぶるいする快感に襲われて、わたしも彼の肛門に舌を這わせてこねた。

肛門を舐められるのも舐めるのも初めてだった。とても異常な、いやらしい行為をしている気がして、興奮をかきたてられた。それに軀の芯からふるえるような快感にも襲われる。

八木くんも感じている。わたしの喉に触れているペニスが、ビクン、ビクンと跳ねている。

八木くんのほうが我慢できなくなったように起き上がった。わたしを仰向けに寝かせて両脚の間に陣取ると、ペニスを手にして亀頭でクレバスをこする。

「あァッ、きてッ……してッ」

わたしは腰をうねらせて求めた。

「入れてほしい？」

「入れてッ」

彼に訊かれて、おうむ返しに応えた。

「奥さんの『入れて』も興奮しちゃうけど、先生をしてる奥さんが、もっといやらしい言い方で求めるのを聞いてみたいな」

八木くんがなおも亀頭でクレバスをこすりながらいう。

「ああン、いじわる～……なんていえばいいのォ、教えてェ」

わたしは身悶えながらいった。いままでにない、自分でも驚くほど甘えた口調で。

　八木くんが身を乗り出してきて、わたしの耳元で囁いた。それを聞いてわたしはカッと頭のなかと軀が熱くなった。そして興奮をかきたてられて、八木くんを挑発するように見返していった。

「ああ、八木くんの、ビンビンの×××……わたしのお××こに入れて、ズコズコして……」

「してあげるよ！」

　気負い込んでいうなり八木くんが押し入ってきた。逞しい肉棒が侵入してくると同時にわたしは絶頂感に襲われた。

　ふと我に返ると、上体を起こされていた。

「ほら、動画でもこういうのを見て、オナニーしてたんじゃないの？」

　八木くんがそういってペニスを抜き挿しする。

　わたしは股間を見た。頭がクラクラした。毛が生えた、口を開けたアワビのようなお××こにズッポリと突き入ったペニスが、ゆっくりと出入りしている。ペニスは蜜にまみれて濡れ光っている。

「ああッ、そう。ああン、いやらしいッ……ああいいッ……いやらしいの好きッ、たまんないッ……」

興奮と快感をかきたてられていいながら、わたしも八木くんに合わせて腰を遣った。そうしながら、ふと不安が頭をかすめて思った。こんな歓びを知ってしまったら、もうもとにはもどれないかも……。

眼鏡美人の人妻

1

五月の柔らかな陽射しが気持ちのいい朝だった。

ウィークデイは出勤する際子供を自転車に乗せて幼稚園に送り届け、その足で役所に向かう町村正紀（まちむらまさき）だが、仕事が休みの土曜日は運動不足の解消をかねて自宅と幼稚園を歩いて往復することにしている。

もっとも、往復でも距離は二キロほどだから気休めのようなものだった。この日もそうして住宅街の歩道を自宅に向かっていると、そばに車が停まった。

濃紺のフォルクスワーゲン・ポロ。一目で誰の車かわかった。サイドウインドーが下がって、

「おはようございます」

芳野真美子（よしのまみこ）が運転席から身を乗り出して笑いかけてきた。彼女も子供を幼稚園

に送り届けての帰りだった。

「おはようございます」

町村も笑顔で挨拶した。

「いいお天気ですね。町村さん、このあとなにかご予定は？」

唐突に訊かれて、ちょっと面食らった。

「いえ、とくには……」

「よろしかったら、ドライブに付き合っていただけません？」

驚いた。ほとんど同時に胸がときめいた。

「いいですよ、喜んで」

思わず声が弾んでしまった。すぐに胸のうちを見透かされたのではないかと思い、あわてて苦笑いすると、

「よかった。どうぞ」

真美子がホッとしたような笑みと口調でいった。

町村は周りを見まわした。二人の立場を考えると、人目につくのは好ましくなかった。

幸い、あたりに人気はなかった。町村は車のドアを開けると急いで助手席に乗

り込んだ。

真美子は家が幼稚園から少し離れた場所にあるので、子供の送り迎えはいつもマイカーでしていた。

これまでも町村は彼女の車に何度か乗せてもらったことがあった。といってもいつも土曜日に徒歩で子供を幼稚園に迎えにいったときで、子供と一緒に家まで送ってもらっていた。

彼女と二人きりで車に乗るのはこれが初めてだった。

「町村さん、どこかいってみたいところってあります?」

真美子が車をスタートさせてから訊いてきた。急に訊かれてもとっさに思いつくところはなかった。町村はシートベルトをかけながらいった。

「いえ、お任せします」

「じゃあ、Y浜にいってみましょうか。あそこ、わたしの好きな場所なんです」

Y浜は隣の市の外れにある浜辺で、きれいな砂浜が数百メートルつづいていて、海水浴客やサーファーなどに人気がある。

「なにか、Y浜にいい思い出でもあるんですか」

町村は訊いた。真美子は前を向いたままふっと苦笑した。

「いえ、そんなんじゃなくて、あそこの砂浜を歩いたり海を見てたりしてると、なんだか気持ちが癒されるんです」

「よくいくんですか」

「よくってほどじゃないですけど、たまに……」

「だけど、芳野さんに癒しなんて必要ないんじゃないですか」

「どうしてですか」

「ストレスなんて、まったくないように見えますけど……」

「そうだとしたら、そう見えるだけです」

真美子が自嘲ぎみの笑みと口調でいう。

「町村さんは、ストレスはないんですか」

真美子にどんなストレスがあるのか訊こうとした矢先、反対に訊かれて、町村も自嘲ぎみにいった。

「ぼくなんかストレスの塊ですよ」

真美子がちらっと町村を見、すぐまた前を向くとおかしそうに笑った。つられて町村も笑った。そして訊いた。

「芳野さんのストレスって、なんなんですか」

「え?……それはちょっと、プライベートなことなので……」

真美子は困惑したような表情を見せて口ごもった。

プライベートなことで、なにか悩みを抱えているらしい。どんな悩みなのか、町村としたらおおいに気になったが、いいたくなさそうなので詮索するのはやめて、訊きたいのを我慢した。

口ごもったあと、真美子の表情は困惑からどこか思い詰めたような深刻な感じに変わってきていた。

わずかにカールしたセミロングの髪から覗いたその横顔を、町村はあらためてきれいだと思った。

彼女は赤い色の繊細なフレームの眼鏡をかけている。眼鏡越しの眼が涼やかで、優しい顔立ち。そのせいで、美人だが取っつきにくい感じはなく、よくいう男好きのするタイプだ。

町村はそんな真美子に幼稚園で出会っているうちに惹かれていって、密かに恋愛感情を抱くまでになっていた。

とはいっても、それがどうなるものでもないことはわかっていた。

町村には妻子があり、真美子にも夫と子供がいる。なにより彼女が不倫に走るタイプには思えなかったし、町村にもそんな勇気はなかった。

それにかりに蛮勇をふるって迫ったとしても、彼女に相手にされないと思っていた。

それでも真美子と会うとそのたびに胸がときめいた。そればかりか、彼女のことを思い、色っぽい顔やプロポーションのいい軀を想い浮かべていると性的な妄想がひろがって、勃起することさえあった。

三十六歳にもなって、しかも妻がいる身でそんなことになるというのはなんともいただけない話だが、それにはそれなりの理由があった。このところ妻とのセックスがうまくいっていなかったからだ。

町村は妻の安恵と結婚して七年になる。出会いは町村が勤めている市役所に、安恵が保険のセールスにきたことだった。

それをきっかけに付き合いはじめて一年後に結婚。翌年には子供ができたが、安恵は一年ほど仕事を休んだだけで、すぐに復帰した。

もともと生命保険会社のセールスレディとしてはやり手で、安恵自身家庭に収まるよりも仕事のほうが好きなタイプだった。

そのかいあって、いまでは支所長を任されて、ますます張り切っている。そのぶん忙しくなって、家事や子供の世話など家庭のことは町村の負担が重くなっていた。

それだけならまだしも、安恵が多忙になるにつれて夫婦の絆を確かめ合うセックスもしだいに間遠になっていた。町村が求めても安恵が「疲れてるから」といって応じないことが増えてきたからだった。

2

会話が途切れたまま、車は海岸線に沿って片側二車線の国道を走っていた。

Y浜はもうすぐだった。

右手に太平洋につづく海が見えていた。波はなく穏やかで、春の陽射しを受けてキラキラ光っている。

さっきから町村は真美子や妻とのことを考えながら、海を見やるふうを装って運転席の真美子をちらちら見ていた。

というより正しくは、多彩な色使いのニットのワンピースを着ている彼女の輪郭のはっきりしたバストや、ワンピースの裾から覗いているきれいな脚を盗み見て、胸をときめかせていた。

いままで真美子に車で送ってもらったとき聞いた話では、彼女は町村や妻の安恵より一つ若い三十五歳で、夫は三十九歳。いまは専業主婦の彼女だが、独身時代は商社に勤めていたらしい。

夫は銀行員ということだった。このところ見かけないが以前二三度、土曜日に真美子の車に同乗して幼稚園にきた夫を、町村は見たことがあった。優しそうで真面目そうなタイプだった。

真美子はストレスがプライベートなことだといった。となると、原因は家庭内にある可能性が高い。彼女の家族は、町村のところと同じく夫婦と子供の三人。だが家族になにか問題がありそうには見えなかった。

町村がそう考えていると、車が国道を外れて海側の脇道に入った。

少しいくと、防波堤の手前に駐車場があった。真美子はそこに車を駐車した。

ふたりは車から出た。防波堤の切れ目から浜に下りた。

海が穏やかなせいか、サーファーの姿はなく、それに朝の九時頃という時間もあってか、週末でも広い浜にあまり人はいなかった。それも離れた場所にカップルや家族連れらしき数人がいるだけだった。

ふたりは並んでゆっくりと浜を歩いた。

真美子は最初からそのつもりだったのか、砂浜を歩きやすいスニーカーふうの靴を履いていた。

「奥さん、今日もお仕事ですか」

真美子が訊いてきた。

「ええ。あの業界もきびしくて大変みたいで……」

「がんばってらっしゃるんですね。でも町村さんとしたら、お休みの日には奥さんにお家にいてもらいたいんじゃないですか」

「最初はそう思ってましたけど、もう慣れました。というか、結婚して七年にもなると、ひとりで家にいるっていうのも気楽でいいもんですよ」

町村は笑っていうとあわてて付け足した。

「そういえば、芳野さんところも結婚七年でしたね。でもお宅のご主人は奥さんがきれいだから、ぼくみたいなことは思わないでしょう」

「そんな……だけど意外だわ、町村さんがそんなことをおっしゃるなんて。真面目な感じで、女性にお世辞なんていわない人だと思ってました」

真美子が驚いた表情でいう。

「真面目な感じ、ですか」

町村は苦笑いした。

「そうかもしれませんね。実際、けっこう真面目なほうですから。でも、だからお世辞じゃないんです、本当のことをいったんです」

真美子は戸惑ったような表情を浮かべてうつむいた。

近くに白いペンキが剝がれかけたベンチがあった。座りましょう、と町村は真美子をうながして、並んで腰かけた。

「今日はご主人、仕事ですか」

「そういってましたけど……」

真美子がうつむいたまま妙な言い方をした。

「よくわからないんですか」

町村は遠慮がちに訊いた。

「夫は、浮気をしてるんです」

真美子が思いがけないことをいった。

「まさか、ウソでしょ?!」

「本当です」

真美子が硬い表情でいう。

「……信じられないな。あのご主人が……第一、こんなきれいな奥さんがいて……」

町村はつぶやいた。

「奥さんのストレスって、そのことだったんですか」

真美子はうなずいた。そして、顔を上げて町村を見た。

町村はドキッとした。眼鏡越しの眼がいつもの涼しげな眼ではなかった。なにかを強く訴えかけるような情熱的な光をたたえていた。

そんな眼で見つめられて、町村は胸が高鳴った。すると、真美子が顔をやや仰向けて眼をつむった。

町村はカッと全身が熱くなった。あわてて周りを見まわした。近くに人はいなかった。

ふと町村は思った。一体どういうことなんだ?! 誘惑してるのか——にしてもなぜ? なにかの罠じゃないか。

真美子は顔を仰向けて眼をつむったままだ。悪い考えが頭に浮かんだが自制がきかなかった。町村はそっと彼女の肩に腕をまわした。淡いピンク色のルージュを引いた、形のいい柔らかそうな唇が、事実、町村を誘っていた。

心臓の鼓動が息苦しいほど高鳴りっぱなしだった。

町村は眼鏡に当たらないように顔を傾けて唇を重ねた。眼を開けて真美子の顔を見たり人気を気にしたりしながら、唇をこすり合わせた。

真美子のほうは眼を閉じてされるままになっている。睫毛がフルフルふるえていた。

町村は真美子の唇の間に舌を差し入れた。舌をからめとろうとすると、彼女もからめ返してきた。

ふたりの舌が熱っぽくからみ合って、彼女がせつなげな鼻声を洩らす。

町村は興奮を煽られて手でバストを揉んだ。ニットとブラの感触を通しても乳房の張りが生々しく感じられて、欲情をかきたてられた。

真美子がその手をつかみ、小さく呻いて唇を離した。もうキスをつづけていられないという感じで。

「ここから少しいくとホテルがあるの、知ってます？」

うつむいて息を弾ませながら訊く。興奮したなかに恥ずかしさが混じったような表情をしている。

「ええ」

と町村は答えた。

それはホテルといってもラブホテルで、二つの市街地のちょうど中間あたりにあった。国道から山側に少し入ったところで、ホテル以外になにもない場所だった。

「あのホテルに連れてって」

真美子が唐突にいって車のキーを差し出した。

「いいんですか」

町村は思わず訊いた。

真美子はうなずき、

「町村さんは？」

うつむいたまま訊く。

「もちろん、ぼくもいいです」

つい気負って答え、キーを受け取ると彼女を無言でうながして立ち上がった。

そのまま車に向かった。

彼女とセックスできる！

そう思っただけで、町村は興奮を抑えようもなかった。舞い上がっていた。ただ、それでいてどこか現実感覚が希薄な感じがあった。それは、この展開がまだ信じられないような気持ちのせいだった。

車のそばにもどると、真美子が助手席側のドアを開けて車に乗った。町村のところの車は、大抵妻の安恵が乗っている。通勤や仕事に使っているからで、町村はたまにしか乗らない。それでも免許証はいつも財布と一緒に携帯していた。

町村は運転席に乗ってポロをスタートさせた。

「芳野さん、あのホテルにいったことがあるんですか」

「いいえ、通りすがりに眼に入ってただけです。町村さんは？」

「ぼくもいったことはありません」

それっきり会話が途切れた。町村にとって沈黙と車内の空気が官能的に感じられた。

あと数分も走れば国道沿いにホテルの看板が見えてくるはずだった。いやでも胸が高鳴った。官能的な沈黙と空気が徐々に濃密になってきた感じだった。

ラブホテルにいったのはいつのことか。考えてみると、結婚前に安恵といって以来なかった。しかも二回ほどいっただけだった。

町村は結婚してから一度も浮気をしていない。それが思いがけない成り行きで初めてしようとしているのだ。そう思ったとき初めて安恵に対するうしろめたさをおぼえて胸が痛んだ。

前方にホテルの看板が見えてきた。とたんに安恵のことは頭から消えた。

町村はウインカーを出してホテルへとつづく横道に入った。

3

室内は見るからに情事専用という雰囲気で、おしゃれだとかセンスがいいとかとは真逆だった。

真美子はどうかわからないが、この情事専用のような雰囲気は気取らないですむぶん、むしろ町村にとってはよかった。

ふたりは部屋に入るまで無言だった。無言が官能的な密度をさらに高めているようだった。それがダブルベッドのそばで向き合って立つなり弾けた感じで、ふたりは抱き合って唇を重ねた。

激しく抱擁しながら、貪り合うような濃厚で情熱的なキスを交わした。
ともに妻がいて夫があって、同じく子供のいる家庭がある身だ。町村と同じように真美子もそういう重しを払い退けようとして夢中になっているかのようだった。

町村は両手で真美子のヒップを撫でまわしていた。ニットのワンピース越しに生々しく感じ取れる、むちっとした肉感に欲情を煽られて、早くもペニスが強張り、彼女の下腹部に突き当たっていた。

それを感じてか、真美子がせつなげな鼻声を洩らして腰をくねらせ、唇を離した。

「ああ、もうこんなに……」

うわずった声でいって、手で町村のズボン越しに強張りを撫でまわす。

彼女の顔は男好きのするタイプだが、眼鏡のせいで知的にも見える。

そのせいで、興奮し欲情した表情はゾクゾクするほど凄艶だ。

「町村さんも脱いで……」

真美子がみずから両手でワンピースを引き上げていきながら、町村をうながす。

町村も手早く着ているものを脱ぎ捨てていった。

下着姿になった真美子を見て、町村は眼を見張った。プロポーションがいいのはわかっていたが、驚いたのは下着だった。

ブラと肌色のパンストの下に透けているショーツは真っ赤で、しかもシースルーに花柄の刺繍が入った煽情的なものだ。淑やかな人妻にしては意外だった。

驚くと同時に興奮して見とれていると、真美子が町村の眼を意識したような色っぽい仕種でブラを取り、パンストを脱いでいく。

町村のほうはすでにトランクスだけになっていた。

「きれいだ、それにとても色っぽい……」

赤いショーツだけになった人妻を見て、町村の声はうわずった。

真美子は眼鏡をかけた顔に恥じらいの色を浮かべて両腕で胸を隠し、わずかに片方の膝を内側に曲げている。

その裸身はプロポーションがいいだけではない。悩ましい軀の線といい、練乳のような肌の色艶といい、息を呑むほどきれいに、そして官能的に熟れている。

「恥ずかしいわ。そんなに見ないで」

そういって真美子が町村の首に両腕をまわしてきた。

町村は彼女を抱きしめた。胸に生の乳房を感じて、トランクスのなかの怒張がうずいてヒクついた。

それを感じたらしく、真美子が喘いで身をくねらせた。そして、そのまま腰を落として町村の前にひざまずく。

露骨に突き出しているトランクスの前を、息を呑んだような表情で凝視している。

彼女がなにをしようとしているか、考えるまでもなかった。

らしくない大胆さに町村が唖然として見下ろしていると、真美子がトランクスに両手をかけて下げていく。

「あぁッ！」

勃起したペニスが露出して跳ねると同時に喘いだ。興奮しきったような強張った表情で怒張を手にすると、ためらいもなく唇を亀頭につけてきた。

眼をつむると、舌を出して亀頭にからめてくる。

ねっとりと亀頭冠を舐めまわす。さらに舌をじゃれつかせるようにして肉茎をまんべんなくなぞりながら、なんと指先で陰のうをくすぐるように撫でる。

町村はそのテクニックに驚き、眼を見張っていた。そして、身ぶるいするような快感に襲われながら思った。

浮気をしている夫とセックスしていないのかもしれない。それで欲求不満が溜まっているのかも……。

欲求不満を抱えているとしたら、町村も同じだった。

真美子は肉棒を咥え、顔を振ってしごいている。そのようすはまさにペニスに飢えて貪っている感じだ。

しかも眼鏡をかけているせいで、よけいに淫らに見える。口腔粘膜でくすぐりたてられる快感にくわえてその刺戟を受け、ペニスがうずいてひくつく。

真美子が口腔でペニスをしごきながら、せつなげな鼻声を洩らして町村を見上げた。

たまらなさを訴えるような艶かしい眼——。

とたんに町村もたまらなくなって腰を引いた。口から肉棒が滑り出て跳ね、真美子が喘いだ。

「芳野さんのおしゃぶりがすごいんで、我慢できなくなっちゃったよ」

町村は真美子を立たせながらいった。

「もう真美子といって」

喘ぐようにいって、彼女が抱きついてきた。ふたりはそのままベッドに倒れ込んだ。

「おねがい、いやらしくして」

唐突に思いがけないことをいわれて町村は驚いた。

「どんないやらしいことをしてほしいの？」

「どんなって……町村さんの好きにして」

一瞬困惑したようすを見せていって、挑発するように腰をうねらせて下腹部を怒張にこすりつけてくる。

見かけによらずいやらしいのが好きで、思わずそういったのかも……。

そう思ったら町村自身、真美子に対してまだどこか恰好をつけているところがあったのがいちどに消えて、解き放たれた気持ちになった。

乳房に顔を埋めると乳首を吸いたて、舌でこねまわした。

真美子が感じた喘ぎ声を洩らして繰り返しのけぞる。

妻の安恵はグラマーで、軀そのものが町村を圧倒するほど肉感的だが、それに比べると真美子は華奢な軀つきだ。ただ、軀の線がなんとも色っぽく、それに乳房や腰といった肝心な部分はほどよいボリュームがある。

しかも感度がいい。町村が口をつける前にすでに勃っていた乳首が、またたくまに文字どおりビンビンになってきた。

町村は真美子の下半身に移動した。いやらしくしてほしいといっているのだ。遠慮することはない。

「ホント、色っぽい軀をしてるね」

いいながら悩ましい腰の線を撫で、両膝を立てさせた。

「それにこのショーツも刺戟的でいいな」

いうなりグイと膝を押し分けた。

「あッ、だめッ」

真美子は顔をそむけた。いやがっている表情ではない。恥ずかしそうなようすだが、どこかときめいている感じもある。

あからさまになっている股間に、町村は見入った。

赤い際どいショーツの股の部分がもっこり盛り上がっていて、そこだけはシースルーではない裏地がついているので透けて見えないが、そこからはみ出たヘアが見えている。

秘苑を生々しく想像させるその眺めが、町村の欲情をかきたて怒張をうずかせた。同時に「いやらしくして」といった真美子の声が耳によみがえって、衝動的に彼女の股間にしゃぶりついた。

「そんなァ、だめェ」

真美子が戸惑ったように腰を振る。だが声は嬌声にちかい。

町村自身驚いていた。こんなことをしたのは初めてだったからだ。だが真美子の反応に興奮を煽られ、ショーツ越しに秘苑を吸いたて舌でこねまわした。

「ううン……ああン……」

真美子が艶かしい声を洩らしてたまらなそうに腰をうねらせる。そうやって自分から町村の口に秘苑を押しつけてきている。

よほど欲求不満が溜まってるんじゃないか。

そう思いながら町村は顔を上げた。

真美子は昂った表情で息を弾ませている。

「脱がしていい?」

町村はショーツに両手をかけてわざと訊いた。

「しらないッ」

真美子はすねて顔をそむけた。その表情がゾクゾクするほど色っぽい。

町村は胸をときめかせながら、ゆっくりショーツを脱がせていく。

真美子が恥ずかしそうに腰をくねらせる。ショーツを抜き取ると、脚を大きく開かせた。

「あァッ……」

真美子は喘いで腰をうねらせた。それだけでいやがらなかった。

自分から「いやらしくして」と求めたのだから当然といえば当然だが、それどころか恥ずかしいところを見られて興奮をかきたてられているようすだ。眼をつむってそむけぎみにしている顔に、艶かしい昂りの色が浮きたっている。

町村はあらさまになっている秘苑に見入った。

4

真美子の秘苑は、想いのほか猥褻だった。

想いのほかというのは、彼女の男好きのする、それでいて眼鏡で知的な雰囲気も併せ持った容貌から町村が勝手に想像していた秘苑とちがってという意味で、妄想のそれはエロティックだが猥褻な感じではなかったのだ。

ところがホンモノは黒々としたヘアが濃密に生えていて、赤褐色の肉びらが貪婪な唇を想わせる。

しかもその部分の肉が縦長の楕円形状にふっくら盛り上がり、その肉を肉びらが分けて、肉びらの両側にもヘアが生え、ひどく淫らな眺めを呈しているのだ。

町村はその眺めに眼を奪われて興奮を煽られ、欲情をかきたてられていた。

「うう～ン、見てるだけじゃいやァ」

真美子が焦れったそうにいって身をくねらせた。

「いやらしくしてほしいの？」

顔をそむけたままうなずき、催促するように腰をうねらせる。

町村は両手で肉びらを分けた。パックリと肉びらが開くと同時に真美子が腰をひくつかせ、「ああッ」とふるえ声を洩らした。

「おお、すごい。もうビチョビチョだ」

あからさまになっているピンク色の粘膜は女蜜にまみれて鈍く光っている。それぱかりか、町村の視線を感じて柔襞が合わさった膣口が、まるでイキモノのように収縮弛緩を繰り返している。

その上方に肉芽が露出している。町村はそこに口をつけた。

「アアッ――！」

真美子が昂った声を発してのけぞるのがわかった。

町村は舌で肉芽をとらえてこねまわした。

こうなることを期待して吹きつけていたのか、それともふだんからそうしているのか、真美子のそこは香水の匂いがして、かすかに甘い味がした。

真美子が艶かしい喘ぎ声を洩らす。肉芽がみるみる膨れあがってきた。

「ああいいッ……ああン気持ちいいッ……」

町村が上目使いに反応を窺っていると、たまらなそうに裸身をうねらせながら、感じ入ったような声で快感を訴える。

こりっとしている肉芽を、町村は舌でこねるだけでなく、口に含んで吸いたてたり、さらにそのまま舌で弾いたりした。

「ああッ、すごいッ。町村さんのクンニ、すてきッ。ああッ、もうだめッ、イッちゃいそう……」

真美子がふるえをおびた声でいう。

町村は気をよくした。そんな褒められ方をしたのは初めてだった。

「よォし、イカせてやる!」

舌を躍らせて攻めたてた。とたんに真美子の反応が切迫してきた。

「アアだめッ、だめだめッ、イクッ、イッちゃう!」

急にトーンのちがう、おびえたような声でいうなり大きく反り返った。

「アーッ、イクイクーッ!」

躯をひくつかせながら、すべてを解き放ったようにいって昇りつめる。

一呼吸おいて町村は起き上がった。真美子は興奮が貼りついた表情のまま、放心状態で息を弾ませていた。

ペニスはこのところないほどいきり勃っていた。それを手に、町村は亀頭で肉びらの間をまさぐった。

真美子が我に返ったようすを見せて喘ぎ、腰をうねらせる。

「アアッ、きてッ」

町村に向かって両手を伸ばし、すがるような表情で求める。

「いやらしくしてほしいんだよね」

いって町村はヌルヌルしている割れ目を亀頭でこすった。

「ああッ、だめッ……ああン、焦らしちゃいやッ、入れてッ」

悩ましい表情で腰を上下させる。「入れてッ」という露骨な言葉に、町村は興奮を煽られた。

「なにを、どこに？　いやらしい言い方でいったら、入れてあげるよ」

「ウンッ、いじわるッ」

真美子は色っぽくすねた。

割れ目をこすりつづけている亀頭がクチュクチュと卑猥な音をたてる。彼女はすぐまたたまらなそうな悩ましい表情を浮かべると、

「おねがいッ、町村さんのお××ぽ、お××こに入れてッ」

腰を揺すりながら、これ以上ないあからさまなことをいう。

「真美子さんでも、そんないやらしいことをいうんだ」

興奮のあまり町村が驚きをそのまま口にすると、

「いや」

真美子は恥ずかしそうに小声でいって顔をそむけた。

「いいな、いやらしい真美子さんて。ますます好きになっちゃうよ。だけど真美子さんにそんなことをいって求められたら興奮しすぎちゃって、入れる前に暴発しちゃいそうだ」

町村は調子に乗っていった。女にこんなことをいわせたのは初めてだった。

「やだ、だめ」

真美子が町村を見ていった。なじるような艶かしい笑みを浮かべて。

その笑みに挑発されて町村は亀頭を膣口に当てがうと、押し入った。ヌルッと滑り込んだ亀頭が生温かい蜜壺の奥に侵入して、真美子が苦悶の表情を浮かべてのけぞり、感じ入った声を洩らした。

町村は蜜壺の感触を味わうべく、〝欲棒〟をゆっくり抜き挿しした。

「ああ~……ああ~ん、いいッ……」

真美子がうっとりとした表情で肉棒の動きに合わせて軀をうねらせる。

彼女の蜜壺は絶妙な感触を秘めていた。肉棒にねっとりとからみついて、くすぐりたててくる。

いいのは感触だけではなかった。早々と快感をこらえきれなくなっても困るので、町村が抽送を止めて一息入れていると、蜜壺が肉棒をジワ~ッと、これまたくすぐりたてるような感じで締めつけてくるのだ。

「おおッ、締まる！　真美子さんのここ、すごい名器じゃないの」

ゾクゾクする快感に襲われて、町村は声がうわずった。

「うう~ん、動いてェ」

じっとしている町村に焦れて、真美子が腰をうねらせる。

このまま一方的に行為をつづけたら、まちがいなく早々と射精してしまう。その前にもっといやらしいことをして彼女の期待に応えなければ……。

町村はそう思って真美子を抱き起こした。

対面座位の体位で、軀を後ろに倒して、と真美子の耳元でいった。真美子はすぐに町村の意図を察し、後方に両手をついて上体を反らすと、自分から腰を使いはじめた。

「アアッ、見えてる！　やらしい！　町村さんも見えてる？」

真美子が股間を昂った表情で凝視したまま訊く。

町村も猥褻極まりない状態がまともに眼に入っていた。

「ああ見えてるよ。ぼくのお××ぽが真美子さんのお××こをズコズコしてるのがモロ見えてるよ。ホント、いやらしい眺めだ」

真美子の卑猥な言葉を真似ていうと、「いやッ」と彼女が笑った。

「真美子さん、こういういやらしいのが好きなんだろ？」

「好きよ。だって、興奮してますますよくなっちゃうから」

悩ましげな、それにうれしげにも見える表情でいいながら、腰をまわすようにしてうねらせる。

そんな腰つきをされたらたまらない。いやでも快感を我慢できなくなる。町村はあわてて股間に手を伸ばした。肉棒がずっぽりと収まっている上方に膨れあがって露出している肉芽を指先にとらえ、こねた。

「アアッ、それだめッ」

真美子が腰の動きを止め、怯えたような声を放った。蜜壺がひくつく。すぐに真美子が町村にしがみついてきた。そのまま、夢中になって律動する。さらに腰をグラインドさせる。

町村はついに我慢できなくなった。真美子を抱いたまま倒れ込むと、突きたてていった。

「アアいいッ……いいわッ……いいッ……」

真美子がよがり泣きながら快感を訴える。

「もう我慢できない。イッてもいいか」

町村が訊くと、

「イッてッ。わたしも一緒にイクわッ」

息せききっていう。

町村は射精のブレーキを解き放って激しく律動した。

「アアッ、だめッ、もうイッちゃう……」

真美子が絶頂を告げる声を聞いて、町村は蜜壺を抉るように突き入った。甘美なうずきが腰からペニスに走り抜けて快感液を迸らせた。たてつづけに。

5

「真美子さんとこんなことをしてるなんて、まだ信じられないような気分だよ」

町村は真美子を後ろから抱いてボディソープの泡にまみれた乳房を両手で揉みながら、つぶやくようにいった。本音だった。

「後悔してます？」

真美子が裸身をくねらせて訊く。

ふたりとも全身泡まみれだった。ヌルヌルした軀がこすれあって気持ちいい。

町村のほうは、とりわけ真美子のまろやかなヒップでふたたび硬くなりかけているペニスをくすぐられるのが、なんともいえない快感だ。

真美子も乳房を揉まれるのとヌルヌルした感触で感じているらしく、訊いた声が艶めいていた。

「後悔なんてしてないよ、こんな魅力的な人妻といやらしいことができたんだもの」

硬く突き出している乳首を指でくすぐりながら、町村はいった。

「やだ、からかってるの？」

真美子が身悶えながらうわずった声でいう。

「いや、本音だよ。真美子さんが『いやらしくして』っていったときは驚いたけど、でもそれでぼくも吹っ切れた気持ちになって愉しめたんだ。最初にいったけど、これでもけっこう真面目なほうなんでね」

町村は最後は苦笑いしていった。

「ええ。わたしもそう思ってたわ」

「それで誘惑してやれと思ったわけ？」

「そんな！」

真美子が憤慨したようにいった。町村は急いで謝った。

「ごめん、冗談だ。……だけど、どうしてぼくとこんなことになってもいいと思ったの？」

「町村さん、わたしのことどう思ってました？」

「これも最初にいったけど、きれいな人だなァって……」

すでに関係を持ったあとでも、前から好きだったとは、妙に照れ臭くていえず、町村はそういいながら真美子の悩ましくくびれたウエストから官能的にひろがった腰の線を両手でなぞった。

「それだけ？」

真美子が軀をくねらせて手を後ろにまわし、そっとペニスを握った。

町村は正直にいった。

「前から好きだったんだ」

「わたしも感じてました」

町村は啞然とした。

「気づいてたの？」

「ええ、なんとなく」

「マイッタな」

町村は苦笑いして訊いた。

「でも、だからぼくと浮気してもいいと思ったの？」

「わたし、前に偶然町村さんとよく似た人と付き合ってたことがあるんです。といっても結婚する前のことですけど」

真美子が柔らかい掌でペニスをかるくしごきながらいった。

「その人、会社の上司で、不倫だったんです。それに町村さんと似てるといっても外見だけで、タイプは全然ちがってて、すごくいやらしいセックスをする人だったんです」

頭のなかにあった疑念が一気に晴れるのを感じて、町村は興奮した。

「そうか、それで『いやらしくして』なんていったんだ。真美子さんは彼のいやらしいセックスがよくて、忘れられなかったんだ。それがご主人の浮気で抑えられなくなった。そこにたまたま彼に似たぼくがいた。そういうことなんじゃないの？」

「ええ、そのとおりよ。ごめんなさい。町村さんのこと、利用したみたいで」

「なにも謝ることなんてないよ。そのおかげでぼくはこんないい目を見てるんだから」

いって町村は真美子を抱きしめた。真美子が喘いで町村の腕のなかで半回転して向き直った。浴室に入るとき眼鏡は外していた。

「町村さんのセックス、いやらしくて、とてもステキだったわ」

眼鏡をかけているときとはちがうタイプの美貌に、艶かしい笑みを浮かべていう。

「ありがとう。最高の褒め言葉だ」

町村は笑い返していうと真美子の唇を奪った。舌をからめていくと、彼女も熱っぽくからめ返してきながら、せつなげな鼻声を洩らして下腹部を怒張にこすりつけてくる。

町村は唇を離していった。

「真美子さんの名器に、また入れたくなっちゃったよ」

「ここで？」

「そう、ここで。いけない？」

「……いけなくはないけど、でもわたし、そんなことしてたら、またベッドでゆっくりしたくなっちゃうかも……」

真美子が色っぽい笑みを浮かべていった。欲情した眼になっている。

「いいね。がんばるよ」

町村は笑い返していうと、真美子を立たせたままバスタブの縁につかまらせた。

キスしているうちにふと、この恰好にして犯してみたくなったのだ。

前屈みになった真美子は、町村を挑発するように自分から上体を落としぎみにしてヒップを持ち上げた。まさに犯してくれといわんばかりの恰好だ。

真美子の背後に立った町村は、華奢な軀つきのわりにむっちりとしているヒップを怒張でなぞった。

真美子が喘いで催促するようにヒップを突き出して尻朶を開く。

町村はソープの泡にまみれた秘苑を〝欲棒〟でまさぐって真美子を貫いた。怒張が名器に滑り込むと同時に、真美子の昂った喘ぎ声が浴室に響いた。

6

町村にとって、これほど長く待ち遠しい一週間はなかった。

真美子にしても同じだったようだ。

先週と同じホテルの部屋に入るなり二人はひしと抱き合って舌と口腔を貪り合い、そして急きたてられるように着ているものを脱ぎ捨ててベッドインすると、激しくからみ合った。

「ね、わたしが上になっていい？」

シックスナインで達した真美子が、仰向けに寝ている町村の上で軀の向きを変えて訊いてきた。

「いいよ。真美子さんのいやらしい腰使いを見せてよ」

「いいけど、町村さん、わたしより先にイッちゃいやよ」

フェラチオされたばかりでいきり勃っているペニスを手に、町村に揶揄するような笑みを投げかけてくる。

町村は苦笑していった。

「そういわれると自信ないなァ。なにしろ真美子さんのアソコは名器だし、それにその色っぽい腰をいやらしく振られたら、ひとたまりもないかもしれない」

「そんなァ、だめ！」

真美子が笑っていった。中腰になって亀頭で肉びらの間をこする。そのいやらしい恰好と仕種を町村が顔を起こして見ていると、ツルッと亀頭が膣口に滑り込んだ。

そのまま腰を落とす。ヌルーッと怒張が蜜壺に侵入する。腰を落としきると、真美子が苦悶の表情を浮かべてのけぞり、呻いた。

「アアッ、いいッ。アアン、当たってる！」

くいくい腰を振って、ふるえをおびた声でいう。亀頭と子宮口の突起がグリグリこすれ合っているのだ。

町村は両手を乳房に伸ばした。小振りだがきれいな形をしている膨らみを、揉みしだいた。

真美子が町村の両腕につかまって、腰をまわしぎみに振る。いかにも快感を貪ろうとしているような腰つきを見て、町村は訊いた。

「ご主人とは、セックスはどうなの？」

真美子が悩ましい表情でかぶりを振る。

「してないの？」

うなずく。町村は驚いた。

「浮気をしてるっていっても、こんな魅力的な妻がいるっていうのにもったいないなァ。それに浮気をしてたらよく、バレないように、むしろ妻と適当にセックスするっていうけど、ご主人変わってるな」

「……ちがうんです」

真美子が動きを止めていった。

「ごめんなさい。わたし、町村さんにウソついていたんです。本当は、夫は浮気なんてしてないんです」

「え?!……どういうこと?」

町村は唖然として訊いた。

「主人とは、一年ちょっと前からセックスレスなんです。だけどわたしが浮気する理由を考えたとき、セックスレスよりも夫の浮気のせいにしたほうが、町村さんにもっと同情してもらえると思って……」

「……そういうことだったのか。それにしてもご主人、どうしてセックスレスになったの?」

「主人自身、よくわからないらしいんですけど、ただ、もともとセックスには淡白な人だったんです。それにちょうど二年くらい前に役職が上がって、仕事がハードになってきて、そのせいもあるのかも……」

「それならうちも一緒だ。といってもお宅とは反対で、うちは妻のほうが忙しくなって、セックスレスとはいかないまでもそれにちかい状態だから」

町村は苦笑いしていった。

「わたし思ってたんです。わたしと町村さんて、似た者同士じゃないかって」

いいながら真美子が後方に上体を倒すと、ふたたび腰を使いはじめた。

上下に律動させたり、旋回させたりする。煽情的な腰の動きにくわえて、猥褻な秘苑に肉棒が突き入っている淫らな眺めがあからさまになっている。

「アアッ、この感じ好きッ……いいッ！」

真美子が悩ましい表情で快感を訴える。肉棒が反りぎみになって蜜壺に収まっていて、亀頭が膣の天井をこすっているのだ。それがいいらしい。

町村も腰を使った。刺戟が倍加したかのように、とたんに真美子が感泣しはじめた。夢中になって腰を振る。

「アアだめッ、イッちゃう。ああイクッ！」

達してよがり泣きながら下半身をひくつかせる。

町村は真美子を抱き起こした。そのまま寝て、横から猥褻な交接部分を見ながら行為をつづけた。

幼稚園に子供たちを迎えにいくまでには、まだたっぷり時間はある。それまでゆっくり愉しむつもりだった。

その日、妻の安恵は深夜になって帰宅した。ノルマを達成して飲み会があったらしく、ご機嫌だった。

町村は先にベッドに入っていた。

しばらくして安恵が寝室に入ってきた。シャワーを浴びてきたらしく、パジャマに着替えていた。

安恵が天井灯を消した。明かりは町村の枕元のスタンドだけになった。町村は雑誌を読んでいた。

ベッドはシングルが二つ。子供は子供部屋で寝ている。

町村は驚いた。というよりうろたえた。安恵が黙って町村のベッドに滑り込んできたからだ。

「なんだ、どうしたんだ」

雑誌を置いていった。

「だって、たまにはスキンシップしなくちゃいけないでしょ」

ご機嫌のせいか、いつになく甘ったるい声でいって町村のパジャマのズボンのなかに手を差し入れてきた。

「なんだよ、こんな時間に。もう寝たほうがいいよ」

「だって明日は日曜日よ。時間を気にしなくていいわ」

いうと安恵は布団を剝ぎ、町村のパジャマのズボンと一緒にトランクスを下ろしていく。

「おい、無茶するなよ」

「なにが無茶よ、いやなの？」

「べつにいやってわけじゃないよ。急にいつもしないことをするから、どうしたのかと思っちゃうじゃないか」

「これでもわたし、気にしてたのよ。いつも忙しくて、あなたにわるいな、淋しい思いをさせてるんじゃないかって」

安恵が萎えたままのペニスを手で弄りながら、艶かしい表情でいう。といってもコアラに似た顔立ちをしているので、真美子の艶かしさとはちがう。

どうやってこの事態を回避しようか、昼間二回真美子のなかに欲望を解き放っている町村が焦っていると、安恵が股間に顔を埋めてきた。うろたえる町村をよそにペニスを咥えて吸いたてる。

「どうしたの、あなた。このところご無沙汰なのに全然元気ないじゃないの。まさか浮気してるんじゃないでしょうね」

フニャリとしたペニスを手で振りながら、安恵が疑り深そうな眼で町村を見る。内心ドキッとして町村はいった。

「してるわけないじゃないか。男はあまりセックスしてないと元気がなくなるんだよ」

「冗談よ。あなたがそんなにモテるわけないものね」

安恵が笑っていう。町村はやりかえした。

「それこそ悪い冗談だろう。亭主がモテるわけないと思ってるのは女房だけってことだってあるんだぞ」

「ハイハイ、わかりました。でもセックスしてないと男は元気がなくなるなんて、本当なの？」

茶化すようにいうと、一転真顔で訊く。

そうだといえば厄介なことになる。そう思って町村はいった。

「俗説だけどな」

「なんだ、そう。ねえ、して」

安恵が猫撫で声でいって町村に脚をからめ、下腹部をすりつけてくる。

もう回避する術はない。町村はやおら起き上がると安恵のパジャマのズボンをショーツごと荒々しく脱がせ、脚を押し開いた。

「アン、やァ……」

安恵が似合わない甘い声をあげた。

おもしろいことに、あからさまになっている秘苑は、安恵のほうが真美子よりきれいだ。ヘアが薄く、割れ目はふっくらと盛り上がった肉にスッと一筋切れ目を入れた感じで、ただどっちが欲情をかきたてるかといえば、圧倒的に真美子の猥褻感のある秘苑だった。

それにおかしなことに、もし真美子との関係がなかったら、そしていまのように安恵に求められていたら、町村としたら喜んで応じていたはずだ。

町村は苦笑して安恵の秘苑に口をつけた。舌でクリトリスをとらえてこねながら、思った。

真美子との関係が安恵にバレたら、大変なことになる。ただではすまない。といっていますぐ真美子と別れることができるかといえば、それはできない。あの刺戟的で濃厚なセックスを、いますぐあきらめるなんて到底できない。真美子といつまでつづくかわからないけれど、とにかく安恵に絶対バレないように気をつけなければ……。

「アア～ンいいッ。アアァ、あなたァ、いいのォ。もっと、もっとして～」

安恵が感じ入った声でいって腰をうねらせる。

町村は胸のなかでくすぶっている不安を振り払って、攻めたてるように舌を躍らせた。

甘美な毒

1

……気がつくと、いつのまにかベッドから下りてソファに座っていた——というよりもへたり込んでいた。

まだ心臓が激しい鼓動を打って息が弾んでいた。

放心状態のまま、鴨田(かもだ)は部屋のなかを見まわした。ベッドの上を除けば、まったく何事もなかったように、見慣れたワンルームマンションの室内がそこにあった。

ふと、初めてこの部屋にきたときのことを思い出した。

あのときは、落ち着きなく室内を見まわしたものだった……。

そう思ったら、あの夜のことが脳裏に浮かんできた。

――半年ほど前、総務部の夏の恒例行事になっている、屋形船を借り切っての納涼飲み会があった夜のことだった。

その帰り、南条美江をタクシーに同乗させて、途中で落としていくことになった。たまたま彼女の住まいが鴨田の帰宅経路にあったからだが、そういうことはそれが初めてだった。彼女がまだその年に入社したばかりで、それまでにそういう機会がなかったということもあった。

大手食品会社の受付に立っているぐらいだから、南条美江は容貌や容姿には恵まれている。とくにその容貌には二十二歳にしては妙に色っぽいところがあって、その夜の飲み会には先輩の受付嬢たちも参加していたが美江が男性社員たちに一番もてていた。

美江は彼らにすすめられるままかなり酒を飲んでいた。それでもアルコールに強い体質なのか、それほど酔っているようには見えなかった。

ところがタクシーが走りはじめるとすぐに「部長、あたし酔っぱらっちゃいました」と呂律のまわらない口調でいって、鴨田にもたれかかってきたのだ。

いまになって急に酔いがまわってきたのか。そのとき鴨田はそう思っただけで、べつに不審には思わなかった。

それどころか、そんな余裕はなかった。もたれかかってきた美江が、そのまま膝の上に倒れ込んできたからだ。

鴨田はドギマギしながら、タクシーのルームミラーを見た。運転手と眼が合った。困惑の笑いを浮かべた鴨田に、運転手が笑い返してきた。お客さん、どうするんですか、と鴨田の困惑をおもしろがっているような笑いだった。

鴨田と同年配の、人のよさそうな運転手は、それからは気を遣ってくれたのか、努めてルームミラーを見ないようにしているようだった。

運転手の眼を気にしないですむのは助かったが、鴨田はドキドキしていた。美江が膝の上にうつ伏せぎみになっているせいだけではなかった。紺色の麻のスーツの、セミミニのタイトスカートが太腿の付け根のあたりまでずれ上がって、太腿にほどよく肉がついていてすらりと伸びたきれいな脚が、仄暗いなかに艶かしく浮かび上がっているからだ。

鴨田はそっと美江の顔を覗き込んだ。膝の上に顔を横たえた彼女は、眠っているようだった。

それを見て、五十七歳のこの歳になるまで浮気の一つもしたことがない生真面目な鴨田でも、多少余裕のようなものが生まれてきた。

ところが余裕のせいでこんどはうろたえる事態に陥ってしまった。美江の艶かしい脚だけでなく、黒光りしたロングヘアや、まるでフェラチオしているところを想像させるような恰好や、スーツを着ていても悩ましい曲線を描いているヒップラインを見ているうちに興奮してしまって、分身が充血してきたのだ。

鴨田の場合、真面目でカタブツだからといって妻以外の女にまったく興味がないわけではなかった。妻以外の女に興味を持ったりその女とのセックスを想像したりすることもあった。それでいてそれまで浮気の一つもしなかったのは、その結果厄介なことになるのを恐れる臆病さと持ち前の真面目な性格が効きのいいブレーキの役割を果たしていたからだった。

だから、美江を見ているうちに興奮し欲情しても、彼女をモノにしようなどという下心は毛頭なかった。

それより美江に勃起しているのを気づかれるのではないかと、そっちのほうが心配で気が気ではなかった。というのもハラハラしながら彼女を見ているうちに、そうやってフェラチオしているところや、鴨田の上になって形のいい腰と一緒に艶のあるロングヘアを打ち振ってよがっている姿など刺戟的なシーンがつぎつぎに脳裏に浮かんできて、もう誤魔化しが利かないほどペニスが勃起していたからだ。

しかもそれだけではなかった。ちょうど鴨田の股間のあたりに置いている美江の手が、勃起したペニスに当たっていた。幸い彼女はまだ眠っていたが、いま目覚めたらそれに気づくはずだった。

そのとき美江がふっと吐息を洩らし、太腿をすり合わせるような動きを見せた。鴨田はドキッとして、あわてて声をかけた。

「南条君、大丈夫か？」

美江が眼を開けると同時に鴨田は肩を抱いて起こした。

「……あたし、眠っちゃってたんですね」

とろんとした表情とまだ呂律があやしい口調で美江がいった。勃起していたことに気づかれなくてホッとしながら鴨田は笑いかけた。

「ああ。そんなに酔ってるようには見えなかったけど、タクシーが走りだしたとたんにバタンキューだ」

そのタクシーは美江が降りる場所にさしかかっていた。

「南条君が住んでるマンション、タクシーを降りてから近いの？」

鴨田は訊いた。

「ええ。歩いて二、三分ですけど……」

そこまでいってから、どうしてそんなことを訊くのか、というような表情で美江が鴨田を見た。部屋に押しかけようとしていると誤解されたのではないかと思い、鴨田はあわてていった。

「あ、いや、南条君酔ってるから近ければいいと思ってさ。そう、歩いて二、三分なら大丈夫だな」

「いえ、まだふらふらしちゃってて、大丈夫じゃないです。すみません部長、連れてってもらえます？」

美江は甘えるような表情と口調でいった。

鴨田は驚いたがすぐに当惑した。マンションのことを訊いたのは、送っていってやろうとしてではなく、美江にもいったとおり、彼女が酔っているから近ければいいと思ったからにすぎなかったのだ。

鴨田が一瞬返事に困っていると、美江がタクシーを停めた。そして、鴨田に腕をからめてきて、耳元で「部長、おねがいします」と甘ったるい声で囁いた。しかも鴨田の腕にグッと、弾力のあるバストの膨らみを押しつけて。

さすがにカタブツの鴨田もいやとはいえなかった。それどころか、年甲斐もなく一気に頭に血が上っていた。

それでも美江を部屋の前まで送っていったらすぐに帰ろうと思っていた。ところがそうはならず、部屋に入る羽目になったのは、美江の思わせぶりな言葉に引っかかったからだった。

「あたし、部長の膝の上で眠ってたんですよね。そのせいかしら、変な夢見ちゃったんです」

部屋にいく途中で美江はつぶやくようにいった。

「変な夢?」

鴨田が訊き返すと、

「ええ。でもあれって、夢じゃなくて本当のことだったのかも」

秘密めかしたような笑みを浮かべて謎めいたことをいった。

「どういうこと?」

つい興味をそそられて鴨田は訊いた。

「部長に関係あることです。でも、いうの、恥ずかしいわ」

「ぼくに? それに恥ずかしいって、どうして?」

「だって、エッチなことですもの」

思いがけないことを美江は口にした。それもドキッとするほど艶かしい笑みを浮かべて。

実際、彼女がいったこととその笑みに鴨田はドギマギさせられた。が、それでも若い部下の手前、はるか年上の上司としての体面を保つべく、努めて余裕の笑いをつくっていった。

「そんなことをいわれるとますます聞きたくなるね。どういうことなんだ?」

「でもここだと……いいますから、入ってください」

ふたりは美江の部屋の前に立っていた。

自分のことで、しかもエッチなこと。そんなことをいわれるとそのまま帰るわけにもいかなかった。話を聞くだけだと自分に言い聞かせて鴨田は美江の部屋に入った。

2

ワンルームマンションの室内を、鴨田はソファに腰を下ろして落ち着きなく見まわしていた。

そのとき、娘のことが頭をよぎった。鴨田には美江と同じ年頃の娘と息子がいるが、もう何年も子供たちの部屋には入ったことがなかった。

美江の部屋はいかにも若い女の部屋らしい、甘いいい匂いがしていた。それにワンルームなので、いやでもベッドが眼に入った。

そのため鴨田は緊張してもいた。

美江は鴨田にソファをすすめたあとクーラーのスイッチを入れたり、スタンドの明かりを点けたり、スーツの上着を脱いでキッチンにいったり、こまめに動いていた。とても送ってもらわなければいけないほど酔っているようには見えないのを鴨田が不審に思っていると、

「お酒、ビールしかないんですけど、部長、ビールでいいですか」

冷蔵庫を開けたまま美江が訊いてきた。

「もう酒はいいよ。さっきの話のつづきを聞いたら、ぼくはすぐ帰るから」

鴨田は本気でそう思っていた。

そのとき部屋の天井灯が消え、鴨田のいるソファのそばのスタンドの明かりだけになった。艶かしい雰囲気になって鴨田が戸惑っていると、美江が缶ビールを手にしてもどってきて、横に腰を下ろした。

「じゃあ、あたし飲みますから、部長飲ませてください」

缶ビールのプルトップを開け、鴨田に艶かしく笑いかけてそれを差し出した。

鴨田は思わず憤慨していった。

「なんだ、酔ったふりをしてたのか?! だったら俺は帰るぞ」

「そんなァ、このまま帰るなんてひどォ〜い。部長、ちゃんと責任取ってください」

美江が声のトーンをそれまでとはがらりと変えて、妙なことをいった。

「責任?! どういうことだ?」

「部長、さっきタクシーのなかで、硬くなっちゃってたでしょ? あたし、部長のアレ感じてたら、そんなの久しぶりだったし、お酒に酔ってたし、ヘンになっちゃって……これって部長のせいでしょ。責任取ってください。はい、まずビールを飲ませて」

美江は色っぽくなじるような笑みを浮かべて、まるでそれを愉しんでいるような口調でいうと鴨田の手に缶ビールを持たせ、顔を仰向けて眼をつむった。

鴨田はうろたえた。混乱して茫然となった。が、目の前の美江を見て、心臓が息苦しいほど激しい鼓動を打ちはじめた。

整った顔立ち。合わさったきれいな睫毛がふるふるふるえ、真紅のルージュが濡れ光っている花びらのような唇が、鴨田を誘っていた。

そのとき美江が眼を開けた。

「部長って、浮気したことなんてないんじゃないですか?」

ふっと笑っていった。

嘲笑されたと鴨田は思った。頭に血が上った。ぐいとビールを口に含んだ。それを見て美江がちょっと驚いたような表情をした。そして、また顔を仰向けて眼をつむった。

鴨田はキスをしようとして躊躇した。いまならまだ引き返せると思った。だがこの期に及んでまだそんなことを思う自分に腹が立った。

美江の唇がかすかに動いた。彼女にまた嘲笑されたような気がした。

鴨田は美江の唇に唇を合わせた。ふっくらとしてみずみずしい、そして生々しい粘膜の甘美な感触に、まるで初めてキスを体験したときのような興奮をかきたてられた。

美江がわずかに唇を開いた。鴨田は口に含んでいるビールを彼女の口のなかにゆっくりと注いだ。彼女が喉を上下させて嚥下していくのがわかった。

そうやって口移ししていると、彼女と繋がっているようなエロティックな気持ちに襲われて、鴨田は興奮を煽られた。

美江もそうだったらしい。口移しが終わると、せつなげな鼻声を洩らして彼女のほうから舌をからめてきた。

おずおずと鴨田も舌をからめた。戸惑った。美江の手が股間をまさぐってきたからだ。ビールの口移しからキスしているうちに鴨田の分身は硬くなっていた。ズボン越しにそれを撫でまわす美江が熱っぽく舌をからめてきながら、せつなげな鼻声を洩らす。鴨田は唇を離した。

「南条君、いけないよ」

いって美江の手を制した。

「どうしてですか？　奥さんのこととか気にしてらっしゃるんだったら、心配ないですよ、あたし部長に迷惑をかけるようなことは絶対にしませんから」

そういうと美江は立ち上がった。真っ直ぐに鴨田を見下ろして、

「それともあたし、そんなに魅力ないですか？」

と訊き、ノースリーブのブラウスのボタンを外しはじめた。

「南条君……」

うわずった声を発したきり鴨田は言葉がつづかなかった。美江に見下ろされたときから、欲情が燃え盛っているような、それに挑むようなその眼に圧倒されていた。

鴨田は眼の遣(や)り場に困った。といってもそれは美江がブラウスにつづいてスカートやパンストを脱いでいく間だけだった。その間もそうせずにはいられず、ちらちら見てはドキドキしていたが、彼女が薄いブルーのブラと同じ色のショーツだけになると、鴨田の眼はその下着姿に釘付けになった。

プロポーションがいいのは、会社で受付嬢の制服を着ているときからわかっていたが、まさに完璧だった。週刊誌のグラビアなどでしか見たことがないレースクイーンが目の前に立っているようだった。

そのとき美江がまた鴨田をうろたえさせた。鴨田の前にひざまずくとズボンのベルトを緩め、チャックを下ろしたのだ。

「おいッ、なにをするんだ?!」

美江がなにをしようとしているかわかっているのに鴨田は訊いた。それだけあわてふためいていた。美江はそれには答えず、

「タクシーのなかと同じだわ。部長がこんなになっちゃったから、あたしもヘン

になっちゃったんですからね」

笑みを浮かべて愉しそうにいいながらトランクスの盛り上がりを手で撫でる。ゾクッとする快感のふるえに襲われて鴨田は腰をひくつかせた。顔を上げた美江がその反応をおもしろがっているような表情で鴨田を見たまま、手をトランクスのなかに差し入れて強張りを取り出した。

エレクトしたペニスを手にそれを凝視している美江に、鴨田は声もなく眼を奪われていた。興奮のせいか、美江の眼は薄い膜がかかっているように見えた。すると美江が亀頭に唇を近づけて、眼をつむって舌をからめてきた。

『南条君、いけないよ、そんなことしちゃだめだ、やめろ』

身ぶるいするような快感に襲われた鴨田は、胸のうちでそう叫びながらもされるままになっていた。気持ちと軀がまったくべつだった。

それなりに経験があるらしく、美江のフェラチオは巧みで煽情的だった。もっとも女の経験が少ない鴨田から見てのことだが、いままで美江のように美味しそうにペニスをしゃぶったり、さらにしゃぶったり咥えてしごいたりしながら手で陰のうをくすぐるように撫でまわされたりしたことなどなかった。

しかもフェラチオしているうちに美江自身も興奮し欲情が高まってくるらしく、

うっとりとしているような表情でペニスをくわえてしごきながら、たまらなそうな鼻声を洩らすのだ。

それを見ているうちに鴨田のほうが危うく暴発しそうになり、あわてて美江を押しやった。

「ああン、早くゥ、部長も脱いでェ」

美江が嬌声をあげて鴨田の腕につかまり、引っ張りながら立ち上がった。

ズボンの前から唾液にまみれてエレクトしたペニスを露出したまま、鴨田も立ち上がった。

その恰好で、いまさら否やはなかった。もうなるようにしかならない、いくところまでいくしかない。そう覚悟を決めてスーツを脱ぎはじめると、美江がブラを取った。

露出した乳房に、鴨田は眼を見張った。ボリュームのある、きれいなお碗型をしていた。

その乳房を隠そうともせず、むしろ見せつけるようにして立っている美江を見ながら、鴨田はスーツを脱いでいった。そのとき初めて、ショーツの前の刺繍が施されている部分以外はシースルーになっていて、かすかにか黒いヘアが透けて見えているのに気づき、ズキンとペニスがうずいた。

鴨田が裸になると、それを待っていたように美江が鴨田の手を取り、ベッドのほうに誘った。前を歩く美江の、形のいいむっちりとしたヒップが小気味よく左右に揺れるのを見て、鴨田はゾクゾクした。

ベッドのそばまでいくと美江が向き直り、鴨田の首に両腕をまわしてきた。弾力のある乳房を胸に感じて鴨田は欲情をかきたてられ、美江を抱きしめた。

美江が昂った喘ぎ声を洩らし、エレクトしたペニスが突き当たっている下腹部をこすりつけてくるようにして腰をくねらせる。興奮を煽られた鴨田は、美江を抱いたままベッドに倒れ込んでいった。

3

仰向けに寝ていてもほとんど形崩れしないお碗型の乳房に吸い寄せられるように、鴨田は顔を埋めた。

肌を合わせているだけで身も心も蕩けてしまいそうな若い美江の肌と軀を感じながら、みずみずしい膨らみに顔を埋めた瞬間、軽いめまいと一緒に現実ではない世界に迷い込んだような感覚に襲われた。

鴨田は片方の乳首を舌でこね回したり口に含んで吸いたてたりしながら、一方の乳房を手で揉むと同時に指先で乳首をくすぐったりした。

タクシーのなかで眠ったふりをして鴨田の勃起したペニスを感じているうちに興奮したらしい美江は、それもあってか、鴨田が乳房をかまっているだけで感じてたまらなそうな喘ぎ声を洩らしながら、繰り返し狂おしそうにのけぞった。

やがて鴨田は美江の下半身に移動していくと、ショーツを脱がせにかかった。彼女の一番秘めやかな部分があらわになると思うとそれまでになく胸が高鳴って、ショーツにかけた手がふるえそうだった。

悩ましく張った腰の中程まで鴨田がショーツを下ろしていくと、美江が自分から腰を浮かして脱がせやすくしてくれた。ショーツが腰とヒップを通り越すと同時に彼女の片方の太腿が下腹部を隠した。その膝に手をかけて鴨田はいった。

「南条君のここ、よく見せてくれ」

「やだ、部長でもそんないやらしいこと、いうんですか」

美江が揶揄するような笑みを浮かべて訊いた。鴨田自身、思わず口をついて出た言葉に驚いていた。興奮のせいだった。

「いけないか」

鴨田が訊き返すと、美江は笑みを浮かべたままかぶりを振り、

「でも、恥ずかしい……」

そういって片方の腕を眼のあたりに乗せ、太腿をよじっている脚をゆっくりと伸ばした。

あらわになったヘアが、鴨田の意表を突いた。美形の美江のヘアだから、薄くて楚々としているだろうと勝手に想像していたのだが、こんもりと豊かに盛り上がった肉丘を飾っているそれは、逆三角形状に黒々として濃密に繁茂していたのだ。

むしろそれで鴨田は興奮をかきたてられた。想像とはちがったそのヘアのほうが猥褻に見えたからだ。

美江の両脚を押し分けた。「いや」と美江が恥ずかしそうな小声を洩らしたが、されるままになっている。眼の上に乗せた腕もそのままだ。

秘苑を覗き込んだ。ヘアとちがって美江の肉びらは色も形もきれいだった。みずみずしい唇に似ていて、当然のことに鴨田の五十二歳の妻のそれとは比較にならなかった。

そんなときに初めて妻のことが頭をよぎったのは妙だったが、鴨田自身そのことでほとんど動揺しなかったのも不思議だった。それほど美江の秘苑に眼を奪われて興奮していたせいかもしれなかった。

美江の肉びらの合わせ目は、すでに濡れ光っていた。このぶんだとタクシーの中で勃起したペニスを感じていたときから濡れていたのかもしれないと思いながら、鴨田はそっと肉びらを分けた。ジトッと蜜をたたえたピンク色のクレバスがあらわになると同時に、美江が喘いで腰をうねらせた。

「ああッ、もうきて」

美江が腰をうねらせて求めた。

鴨田はクレバスに口をつけた。とたんに美江が驚いたような喘ぎ声を発した。

「それだめッ、シャワーも浴びてないからだめ～」

手で鴨田の頭を押しやりながら狼狽したようにいう。

「平気だよ。きみだって、俺がシャワーを浴びてなくてもしゃぶってくれたじゃないか」

そういって鴨田は強引にクレバスに口をつけ、舌でクリトリスをまさぐった。

美江がふるえをおびた喘ぎ声を洩らした。ふっと彼女の軀の力が抜け、鴨田の頭から手が離れた。

クリトリスはすでに舌で感じ取れるほど膨れあがっていた。それを鴨田が舌でこねると、美江はすぐに泣くような喘ぎ声を洩らしはじめた。

その声に煽情されて鴨田は舌を躍らせた。すると美江はいささかあっけないほど早く達して、「イッちゃう、イクッ、イクッ」とよがり泣きながら絶頂のふるえをわきたてた。

鴨田は上体を起こした。美江が「きてッ」と両手を差し出した。待ちきれないほど欲情しているらしく、催促するように腰をうねらせながら。

鴨田は手早くトランクスを脱いだ。怒張を手にすると、美江のクレバスを亀頭でなぞるなり押し入った。ペニスが滑り込むと同時に美江が悩ましい表情を浮きたてのけぞり、それだけで達したような声を洩らした。

美江の蜜壺は濡れすぎるほど濡れていても充分に刺戟的だった。ペニスを抜き差ししていると、締まりがいいのでくすぐりたてられるような快感に襲われるのだ。

美江自身も感じやすく、ペニスの動きに合わせて感泣に似た声を洩らす。その声が完全なよがり泣きになって「いいッ、気持ちいいッ」と快感を訴え、さらに

「もうイッちゃいそう」と絶頂が近いことを告げる。

若い部下の刺戟的な蜜壷と反応は、女の経験に疎い鴨田を舞い上がらせた。快感と興奮が一気に頂点に達して、早々に我慢の限界に襲われてしまった。

それでも鴨田は必死に踏ん張って美江を絶頂に追い上げていき、彼女がイクと同時に自分も快感を迸らせた。


——いろいろなことがわかったのは、行為が終わったあとのベッドのなかでだった。

その夜タクシーに乗ったときから鴨田を誘惑するつもりだったと美江が打ち明けたのだ。酔ったふりをして鴨田に部屋まで送ってもらってそうしようと考えていたらしい。

ところが鴨田が勃起したのは想定外で、驚いた。ただ、これで容易に誘惑することができると思った。それに勃起したペニスを感じているうちに美江自身も興奮したという。

なぜ誘惑しようと思ったのか鴨田が訊くと、

「部長って、カタブツって噂だったし、あたしから見てもそんな感じだったから、ごめんなさい、ちょっと興味持っちゃって……」

美江は屈託のない笑みを浮かべていった。

「あたし、ファザコンてわけでもないんですけど、若い人よりはうんと年上の、部長くらいの人のほうが好きなんです。なんとなく、安心していられるから。それに、年上でも遊び慣れてる人より部長みたいにカタブツって人のほうが好き。これ、受付の先輩がいってたことなんですけど、遊び慣れてる人って、誘ったらすぐに乗ってくるから誘惑のしがいがなくてつまんないんですって」

先輩の言葉というのはウソで、それは美江自身が思っていることではないか。それで俺を誘惑したのでは……。

鴨田はふとそう思ったが、自嘲しただけで口には出さなかった。いまさらなにをいっても美江の思うつぼにはまったことにかわりはなかった。それよりもほかに気になっていたことがあった。

美江がタクシーのなかで鴨田の勃起したモノを感じて興奮したと打ち明けたとき、彼女は「久しぶりだったし」といったのだ。

どういうことか訊くと、美形の美江にしては意外な答えが返ってきた。大学の卒業式を前にそれまで付き合っていた恋人と別れて以来、男からの誘いはなんどもあったが会社に入って生活や環境がすっかり変わったせいでそんな余裕はなかった。そのため、しばらくセックスをしていなかったというのだ。

早い話が相当、欲求不満が溜まっていたらしい。

そんな話のあと、ふたりでシャワーを浴びていると、美江のほうから鴨田の前にひざまずいてフェラチオをしはじめた。

一晩に二回のセックスは、鴨田の歳ではきつい。鴨田自身、自信はなかった。ところが驚いた。相手が若い美江だとみるみるペニスに熱い血がたぎってきて、勃起したのだ。

その心躍るような嬉しさが、鴨田を好色な中年男に変身させた。結果、浴室のなかで後背位や対面座位と体位を変えて、美江を粘っこく攻めたてて翻弄したのだった。

4

いまにして思えば、最初の夜に二回目のセックスをしていなかったら、それも美江の前で好色な中年男に変身することがないまま帰っていたら、そのあとは鴨田らしい自制心が働いて、おそらく美江との関係は一夜限りで終わっていただろう。そして鴨田は、それまでのカタブツにもどっていたにちがいない。

ところがその夜を境に鴨田は変わった。若い美江の躯と彼女とのセックスにのめり込んでいったのだ。

若いときに遊んでいない男が分別があってしかるべき歳になって女遊びをおぼえると深みにはまってしまう、とは世間でよくいわれることだが、鴨田の場合がまさにそれだった。

鴨田自身狂っているのはわかっていた。それでいてどうすることもできなかった。それどころか関係をつづけるにつれて、ますます美江に溺れていった。

そうなった原因は、美江の魅力や若くてきれいな彼女を自分のものにしているという悦びなどいろいろあったが、一番はやはり彼女とのセックスにあった。

それも鴨田自身、美江と関係するまでは経験したこともない享楽的なセックスをするようになったことが大きかった。

一言でいえば、それはセックスプレイといえるようなもので、その一つに制服プレイがあった。

美江に会社で勤務中に着ている受付嬢の制服を持ち帰らせて、それを着た彼女と行為におよぶのだ。

とくに初めて制服プレイを体験したときの鴨田は、異常なほど興奮したものだった。

ブラウスの上にベストとタイトスカートという受付嬢の制服を着た美江を見ただけで、いつもとはちがう劣情が込み上げて分身が強張ってきた。

鴨田は立ったまま制服姿の美江を抱いた。

「ああん、制服着てたら、こんなことしちゃいけない気持ちになっちゃう。でもだから刺戟的……」

美江が笑いを含んだ声でいいながら、バスローブ姿の鴨田の股間をまさぐってきた。

「で、いいんだろ?」

鴨田がタイトスカート越しにヒップを撫でまわしていた手をスカートのなかに差し入れて訊くと、

「あん、そう。部長だってそうでしょ?」

美江が腰をくねらせてうわずった声で訊き返し、鴨田の強張っているペニスをジワッと握りしめる。

ああ、といって鴨田は無防備な下着をつけている美江のショーツの股布の下に指を忍ばせた。

彼女がつけているのは、ガーターベルトで太腿までのストッキングを吊ったスタイルの下着で、それは制服プレイを思いつく前から鴨田の希望でときおりつけるようになったものだった。

美江自身、制服プレイを前にして早くも興奮していたらしい。鴨田の指が分け入ったクレバスは、すでにベトッとするほど蜜があふれていた。

「すごいな。もうこんなだよ」

美江の耳元で思わせぶりに囁いた鴨田は、わざといやらしい音を響かせて指でクレバスをこすった。

「アアン、だめッ。アアッ、立ってられなくなっちゃうからだめ～」

美江は鴨田にしがみついて腰を律動させせながら嬌声をあげた。

「なら、○×食品の美人受付嬢にひざまずいておしゃぶりしてもらおうかな」

鴨田がそういってなぶるのをやめると、美江は艶かしい眼つきで睨んだ。いやがって怒っているわけではない。戯れのようなものだ。

美江はひざまずくと鴨田のバスローブの前をはだけ、エレクトしているペニスを手にした。そして、黒光りしているロングヘアを一方の手で後ろに払うと、亀頭に舌を這わせてきた。

それを見下ろしている鴨田は、そこが美江の部屋ではなく会社のどこかに隠れて勤務中の彼女にフェラチオさせている錯覚に襲われて、それでよけいに興奮を煽られていた。

美江もこれまでとはちがう興奮に襲われているらしく、いつも以上にせつなげな鼻声を洩らして熱っぽくペニスをしゃぶったり、口に咥えてしごいたりしていた。

それで早々に我慢できなくなった鴨田は美江を立たせ、タイトスカートを腰の上まで持ち上げるようにいった。

「あん、いや」

美江はすねたようにいって鴨田をなじる眼つきで睨んだ。が、ふっと笑って、満更でもないようすでスカートを引き上げていった。

スカートが腰の上まで上がると、煽情的な下半身の眺めが露呈した。ガーターベルトもストッキングも、そしてショーツも、下着はすべて黒い下着で、それにショーツはシースルーだから、きれいな顔に似ず濃密なヘアがくっきりと透けて見えていた。

「これからは会社の受付で美江を見るたびに、このいやらしい恰好を思い出しちゃいそうだな」

鴨田がゾクゾクしながらいうと、

「やだァ、会社でヘンな気起こさないで～」

美江が揶揄するような笑みと甘ったるい声でやり返す。

「わからないぞ。美江だってホントは、会社の滅多に社員がこない場所で、こんなことしてみたいなんて期待してるんじゃないか」

「ふふ、そうだったりして……」

いいながらショーツを脱がしていく鴨田に、美江が腰をくねらせて含み笑っていう。

鴨田が享楽的なセックスにはまったのは、この歳である意味セックスの楽しみにめざめたのと、美江の乗りのよさにも助けられていた。それだけに鴨田にとって美江は、かけがえのないセックス・パートナーでもあった。

ショーツだけ脱がせた美江を、鴨田はベッドに向かって立たせて両手をつかませた。

ガーターベルトしかつけていない、まろやかなヒップを突き上げた美江が、艶かしい喘ぎ声を洩らして鴨田を挑発するようにそのヒップを振って見せた。挑発されるまでもなく、鴨田は受付嬢の刺戟的な恰好を見て欲情を、それも凌辱欲をかきたてられていた。

美江の後ろに立ってペニスを手にすると、亀頭でクレバスをまさぐった。クチュクチュと卑猥な音が響き、美江が焦れったそうな喘ぎ声を洩らしてもどかしそうにヒップをくねらせながら、

「アア～ン、入れてッ」

と、たまりかねたように求めた。

ふたりの間ではすでに、セックスのさなかに卑猥な言葉をまじえた会話をするのがふつうになっていた。

挿入を求める美江を、鴨田が亀頭でクレバスをまさぐって焦らしながら誘導していくと、このときも美江は女性器の俗称を口にして求めた。

そんな美江に鴨田は興奮を煽られて押し入ると、激しく突きたてていった。

制服プレイではほかに受付嬢の制服を着た美江にオナニーをさせて、それを鑑賞したこともあった。

美江はそんなプレイもいやがりもせず、それどころか刺戟に感じているようすで応じていた。

——だから美江から突然、好きな人ができたといわれたときは、鴨田にとってはまさに青天の霹靂だった。

信じられず、耳を疑った。だが事実だった。

美江の口から相手の男の名前を聞かされたのだ。その男は、あろうことか鴨田と会社の同期で、しかも同期の中で出世頭の久米（くめ）常務だというのだった。

鴨田は激しいショックに打ちのめされた。頭の中が真っ白になって、すぐにはなにも考えられなかった。

それが三日前のことで、それから鴨田は毎日退社した美江を尾行した。そしてついに今日、美江が久米とイタリアンレストランで逢っているところを目撃した。

そのあとホテルか美江の部屋にいくかするのではないかと思っていると、ふたりはレストランの前で別れた。

今日はたまたまそうだったのだろう。

そう思った鴨田は美江のあとをつけて彼女の部屋にきた。激しい嫉妬にかられていた。レストランで見た美江の愉しそうな顔が脳裏に焼きついて離れなかったからだ。

美江は鴨田を見るとちょっと驚いたような表情をしたが、なぜかうろたえたようすは見せなかった。

開き直っていやがると鴨田は思った。美江がふてぶてしく見えて怒りが込み上げ、嫉妬と激しく交錯した。

鴨田はいきなり美江をベッドに押し倒した。美江がいやがるのもかまわず毟り取るようにして服を脱がせて全裸にすると、荒々しく乳房と秘部を舐めまわしてすぐ彼女のなかに押し入った。レイプ同然だった。

当然、美江の膣はほとんど潤っていなかった。その膣を激しく突きたてながら鴨田は問い詰めた。

「久米と何回やったんだ⁈　俺と久米のどっちがいい？　いってみろ！　ほらァいえ！」

「いやッ、やめてッ。ひどいッ。こんなことをする部長なんかより、常務のほうがいいわ！」

美江は苦痛で歪んだ表情でいった。

それを聞いたとたん、鴨田はキレた。

そのあとのことはよく憶えていない。というより思い出したくなかった。ただ、そのことも、いま思い出していた美江との愉しかったことと同じように夢の中の出来事のように思えた。

鴨田はのっそりとソファから立ち上がった。そのとき、机の上に置いてあるハードカバーの単行本のようなものが眼に止まった。手に取ってみると、日記帳だった。

美江が日記をつけているとは知らなかった。パラパラめくっていると鴨田の名前が頻繁に出ていたが、最近の日付けになって久米という文字が眼についた。鴨田は不快感をおぼえながら、その部分を読んだ。

読み終わると、ふらふらとベッドに近づいた。頭のなかが燃えるように熱くなっていた。

そっと布団をめくった。美江が眠っていた。首にネクタイを巻かれて……。

突然、鴨田はブルブルふるえだした。

「アーッ!」

絶叫してその場に崩折れ、両手で頭を抱え込んだ。

美江の日記には、鴨田が今年の秋に結婚する娘のことを嬉しそうに美江に話したときのことや、そのあとの美江の気持ちなどが書かれていた。

鴨田の娘と同じ年頃の美江は、そのとき反発をおぼえた。鴨田の娘に嫉妬したのだ。そこで、鴨田にも嫉妬させてやろうと考えた。悪戯半分でもあった。そして久米常務のことが頭に浮かんだ。これまで久米からはなんどか食事に誘われて、むげに断るわけにもいかず二回に一回ぐらいは付き合っていた。食事のたびに久米は美江に関係を迫った。だが美江には応じる気はさらさらなかった。鴨田がいたし、もとより久米は好きなタイプではなかった……。

男運女運

1

ぽつぽつ落ちてきたと思ったら、すぐに降りはじめた。まだ小雨程度だが、散歩を切り上げて引き返すことにした。

昼前に梅雨の晴れ間を思わせる天気になったので、昼食後久しぶりの散歩に出てきたのだが晴れ間は束の間で、すっかり当てが外れてしまった。しかも調子に乗って歩いているうちに隣町まできていた。

Uターンしてほどなく、雨足が少し強くなってきた。自宅まではまだかなりの距離だった。

公園のなかの四阿（あずまや）が眼に止まった。とりあえず、そこで雨宿りしてようすを見ることにした。

ベンチに腰かけていると、赤い傘をさした女が歩いてくるのが見えた。このあたりの住人らしい。スーパーかコンビニで買物をして公園を通り抜けて帰っているのだろう。手にそれらしきビニール袋を持っている。

歳の頃は三十代半ばか、もう少し若いかもしれない。美形というのではないがどことなく色っぽい顔立ち。ベージュのウインドブレーカーに七分丈の白いパンツ。スタイルもわるくない。

見ているうちに女が速水の近くまできて、眼が合った。なぜか彼女が驚いた表情をして立ち止まった。

「速水さん！」

いわれて速水も驚いた。だが戸惑った。とっさにだれかわからなかった。

女の顔に笑みがひろがった。とたんにわかった。

「由季さん！」

思わず声が弾んだ。

「お久しぶりです。どうしたんですか、こんなところで」

小野寺由季も弾んだ声でいった。

「いやァ、申し訳ない。白衣を着てる由季さんしか見ていなかったので、すぐにわからなくて……」

速水は謝ると、事情を話した。

「そういえば、速水さんもこの近くに住んでらっしゃるんですよね」

「隣町です。由季さんもこのあたりなんですか」

「去年すぐそこに越してきたんです。でも驚きました、こんなところで偶然速水さんとお会いするなんて」

「ぼくもびっくりしましたよ。今日は仕事、お休みですか」

「ええ。それでちょっと買物を……そうだわ、よろしかったらうちにいらっしゃいません？　この雨はやみそうもないし、傘をお貸ししますから、お茶でも飲んでいらっしゃってください」

速水は一瞬迷ってからいった。

「でもご迷惑では……」

「ご心配なく。独り暮らしですから」

由季は笑っていった。

「じゃあ遠慮なくお邪魔しようかな」

速水は笑い返していって立ち上がった。由季が傘をさしかけてきた。

相合い傘になった。肩を抱いているわけでも腕を組んでいるわけでもなく、ただ並んで歩いているだけで、年甲斐もなく速水の胸はときめいた。それもかつていつ経験したか忘れてしまった新鮮なときめきだった。

二年ほど前、速水は妻を病気で亡くした。妻が病院に入院中、主に看護を担当してくれたのが看護師の小野寺由季だった。

妻は由季のことが大のお気に入りだった。おたがいに相性もよかったようだが、なにより彼女が親身になって看護にあたってくれたからで、「由季さんてすごくやさしくて気遣いが細やかで、とてもいい人よ」とべた褒めだった。

そんな由季に、速水も心から感謝していた。

妻と由季はふたりきりのとき患者と看護師という立場を超えて女同士の話もしていたようだ。速水が妻から聞いた話では、由季は一度結婚に失敗していて、速水たちの夫婦仲のよさを羨ましがっていたらしい。

どういう話の流れだったか、妻が突拍子もないことをいったことがあった。

「わたしね、あなたが独りになったら、由季さんのような人と一緒になれたらいいなって思ってるの」

「なにをバカなことをいってるんだ」

速水は一笑に付した。

二年前のそのとき由季は確か三十三歳で、速水は六十一歳。歳の差もさることながら、それ以前にあり得ない話だった。

それから一週間ほどして妻は亡くなった。享年五十八歳だった。

2

小野寺由季が住んでいるマンションは、公園のすぐそばにあった。

部屋の間取りは、1DKのようだった。

看護師の仕事は勤務時間が不規則だから、部屋なんて帰って眠るためだけにあるようなものだと、由季は笑っていった。

だからか、女の部屋にしてはそれらしい飾り気はなかった。こざっぱりして、きれいに片づいていた。妻を看護してくれているときの細やかな気配りがそのまま感じられるような室内だった。

「速水さん、まだお仕事されてるんですか」

食卓の椅子に腰かけて室内を見まわしていると、由季が、キッチンから訊いてきた。

彼女は調理台に向かって背中を見せていた。コーヒーを淹れているらしい。酸味のこもった香ばしい匂いが漂ってきていた。

「いや、この春退職しました。いまや毎日が日曜日ですよ」

速水は六十歳まで大手の建設会社に勤務し、そのあと三年ちかく子会社の重役を務め、今年の三月にやめた。

「いま、ご自宅にお独りですか」

由季が訊く。

「ええ。もともと妻と二人暮らしでしたからね」

子供は二人いるが銀行員の長男は家族を伴ってニューヨークに赴任し、長女は福岡に嫁いでいて、年に一二度しかもどってこない。

「じゃあ退職されたら、よけいに淋しくなられたんじゃないですか」

「そうですね。でもそれじゃあいけないと思って、第二の人生をこれからどうやって楽しもうか考えてるところです」

速水は由季のヒップを見ながらいった。

由季は白いパンツの上に黄色と緑色の格子柄のニットのブラウスを着ていた。

そのパンツがヒップにぴったりフィットしていて、むちっとしたまるみがドキドキするほど生々しく見えているのだ。

彼女は中肉中背でプロポーションがいい。それでいてバストとヒップは意外にボリュームがありそうな軀つきをしている。

妻が入院中、不謹慎だと思いながらも速水はたびたび白衣を着た由季の悩ましく盛り上がった胸や色っぽい尻のまるみを見て、眼の保養をさせてもらったものだった。

「できるだけ早く、なにかを見つけて、第二の人生を大いに楽しんでください。速水さんがそうされるのを、奥様が一番喜ばれると思いますよ」

由季がそういいながらもどってきた。コーヒーをテーブルの上に置くと、速水と向き合って椅子に腰かけた。

「わたしずっと思ってたんです、奥様にお線香をあげたいって。こんどお宅のほうにうかがってもいいですか」

「もちろん。妻も喜びますよ。由季さんにはほんとによくしてもらっていつも感謝していましたし、由季さんのことが大のお気に入りでしたからね」

「わたしも奥様のことが大好きでした。とてもやさしくて、わたし母を早くに亡くしたので、なんだかお母さんみたいで、プライベートなことも聞いてもらったりしてたんです。わたしのこと、速水さんも奥様からお聞きになってご存じなんじゃないですか」

由季が探るような眼つきで訊く。速水は一瞬どう答えるべきか迷って、

「少しは……」

と、あいまいな笑いを浮かべていった。

ふっと、由季が自嘲するような笑みを浮かべた。

「じゃあ、わたしの男運のこともご存じなんですね？」

コーヒーを飲みかけていた速水は、唐突に聞き慣れない言葉が出てきて驚き、手を止めた。

「男運？　一度結婚に失敗したってことは聞いたけど……」

「わたし、男運がわるいんです。いままで男の人とうまくいったことがないんです」

はっきり自嘲の苦笑いを浮かべていう。

「相手が働かなくなってヒモみたいになったり、ＤＶにあったり、それに都合のいい女だとしか思われてなかったり……こんなことというと、なんて軽い女なん

だって軽蔑されるかもしれませんけど、でもわたし自身、いい加減な気持ちで男性と付き合ったことはないんです」

「よくわかります。由季さんのことはこの眼でちゃんと見て、人としても女性としても素晴らしい人だとわかってますから」

「速水さん……」

いうなり由季は泣きだしそうな表情になった。笑みを浮かべていた速水はあわてた。

「どうしたんです？」

「すみません。奥様のことを思い出しちゃって……。わたしがいまみたいな話をしたとき、奥様も速水さんと同じようなことをいってくださったんです」

「そうですか。妻も本当のことをいったんですよ」

「それに奥様、こんなわたしに、亡くなられる少し前、とんでもないことをおっしゃったこともあったんですよ」

「とんでもないこと？」

「ええ。わたしからいうのは気が引けちゃいますけど、『由季さん、わたし前から思ってたのよ。わたしが亡くなったら、あなたみたいな人に主人と一緒になってもらいたい、それだと安心なのにって』そんなことをおっしゃったんです。そのときわたし、失礼だけど笑ってしまいました」

由季がいうのを聞いて速水は唖然とした。そして困惑した。

「当然ですよ。じつはぼくも妻から同じことをいわれたんです。ぼくも呆れて一笑に付しましたけど、失礼なのは妻のほうで、由季さんにいやな思いをさせてすみませんでした。ただ妻はあのとき、死期を察して精神的に不安定な状態になっていたのかもしれません。勘弁してやってください」

「そんな、やめてください。わたしいやな思いなんてしてませんから、謝っていただくことなんてありません。笑ったのは、あまりに驚いて笑うしかなかったからなんです。それだけのことなんです」

由季のほうも困惑したようすでいった。

「まったく、妻も無責任なことをいってくれたもんです」

速水は苦笑した。

「でも奥様、本当に速水さんのことを心配されてましたよ」

由季がいった。なぜか妙に艶かしい笑みを浮かべて。

3

会話が途切れたところで速水は腕時計を見た。由季の部屋にきて三十分ほど経っていた。

「さて、そろそろ帰ります。コーヒー、ごちそうさま。こんど家のほうにもぜひいらっしゃってください」

「ありがとうございます。でもまだいいじゃないですか。ゆっくりしてってください」

「いやいや、美人の独身女性の部屋に長居するわけにはいきませんよ」

速水が笑っていいながら立ち上がると、色っぽく睨んで由季も立った。

速水は由季の横を通って戸口に向かおうとした。その瞬間、驚いた。突然由季が後ろから抱きついてきたのだ。

「由季さん！」

「速水さん、わたしを抱いてください」

速水は戸惑うよりうろたえた。

「どうしたの？　なにかあったの？」

そうとしか思えない。

「お願いです。なにも訊かないで抱いてください」

顔が見えないので表情はわからないが懇願する口調だ。

速水は向き直った。するとまた由季が抱きついてきた。

「由季さん、なにがあったのかわからないけど、こんなことをしてはいけないよ」

速水は動揺を抑えて諭した。

「奥様のことを思っておっしゃってるんですか。それともわたしなんか、抱く気がしないってことですか」

由季が速水の胸に顔を埋めたままいいつのる。久々に感じる女体の感覚と甘い匂いにドキドキしながら、速水はいった。

「いや、そんなことじゃない。由季さんはまだ若い。どんな理由があれ、ぼくなんかを相手にすることはないってことだよ」

「わたし、年齢のことなんかまったく気にしてません。それならいけなくはないんじゃないですか」

速水は返答に窮した。

「おっしゃってください」

由季が焦れったそうに身をくねらせる。抱きつかれているだけよりも女体が生々しく感じられる。速水はドギマギしていった。

「頼む。ぼくを困らせないでほしい」

「そんな……やっぱり奥様のことを気にしていらっしゃるんですね。わたしも奥様には申し訳ないと思ってます。でもきっと許してくださると思います。速水さんもそう思われませんか」

妻のことが頭にないわけではなかった。ただ、速水の困惑はそのせいではなかった。

しかも困惑の原因が最初といまとでは変わってきていた。最初は突然「抱いて」といわれたこと自体に対してだった。ところが由季の軀を感じてからはセックスに対する不安が生まれて、いまはそれで困惑しているのだった。

セックスに対する不安。それは男としては口にしたくないことだった。だが速水は恥を忍んでいうことにした。もうそうするしかなかった。

「妻のことを気にしているというわけじゃない。それに、由季さんを抱きたくないというわけでもない。いや、正直いうと抱きたい。だけど恥ずかしいことに、この歳になると、おまけにしばらく女性に接していないので、由季さんを満足させてあげられるかどうか、自信がないんだ」

「やっぱり、速水さんてやさしいヒトなんですね。ごめんなさい、いやなことをいわせて」

由季が速水の胸から顔を離した。色っぽく笑いかけてきて、

「でもそんなこと、心配しなくても大丈夫ですよ。だって速水さん、もう元気になってきてるじゃないですか」

そういいながら腰をくねらせて下腹部を速水の股間にこすりつけてくる。

速水は苦笑いするほかなかった。さっきから分身が充血してわずかに強張ってきているのは自分でもわかっていて、内心少々あわてながらもこの程度なら気取られないだろうと思っていたのだ。

その下腹部で分身をくすぐられて戸惑っていると、由季が顔を仰向けて眼をつむった。

由季自身興奮しているらしく、顔が上気した感じで艶めいている。

ピンク色の口紅を引いた唇がわずかに開いて速水を誘う。迷いや躊躇(ためら)いが一瞬

にして欲情に変わった。

速水は由季を抱きしめて唇を奪った。甘美な粘膜の感触で欲情に火がつき、燃え上がった。

舌を唇の間に挿し入れて、由季の舌をからめ取った。それに合わせて由季も舌をからめ返してくる。

じゃれ合い、もつれ合う舌。粘膜のエロティックな感触。速水にとって久々に味わう官能的な快感だった。

亡くなった妻と最後にセックスしたのは三年以上も前のことで、それ以来セックスをしていなかった。由季を満足させる自信がないといったのは、六十三歳という年齢的なことにくわえてそのブランクがあったせいだった。

性欲がなかったわけではない。性欲はそれなりにあって、妻が病気でセックスができなくなってからはたまに自慰で解消していた。

とはいってもセックスから遠ざかっていたことに変わりはない。そのため、由季を抱いても男としての役目が果たせるかどうか不安だった。

その不安は、いまも速水の頭の片隅にあった。

「うん……うふん……」

由季が腰をくねらせてせつなげな鼻声を洩らす。

速水はキスしながら両手でパンツ越しに由季の尻を撫でまわしていた。濃厚なキスとむちっとした尻の肉感で興奮を煽られてペニスが強張ってきて、それが由季の下腹部に当たっていた。

由季が唇を離した。

「ああ、きて」

初めて見る昂った表情でいって、速水の手を取った。

4

速水が連れていかれたのは、寝室だった。ふたりはベッドのそばに立って向き合った。

「速水さんも脱いで」

由季がうながしてニットのブラウスを脱いでいく。それを見て速水もブルゾンを脱いだ。

ブラウスの下はブラだけだった。白地に紺色のレースの飾りがついたブラから乳房の膨らみが覗いている。

由季がパンツを下ろしていく。欲情をくすぐられながらポロシャツを脱いだ速水は眼を見張った。パンツの下はこれまたブラとペアのショーツだけで、下着姿になった熟れた女体が息を呑むほど色っぽい。

「恥ずかしいわ。そんなに見ないでください」

由季が身をくねらせていった。口でいうほど恥ずかしがっているようすはなく、むしろシナをつくって速水を挑発している感じだ。

「こんな色っぽい軀、見ないわけにはいかないよ。それどころかもっと見たい。ぼくがブラジャーを取ってもいいかな」

声が弾んだ。由季が艶かしい笑みを浮かべてうなずく。

速水は由季の後ろにまわった。ヒップを見やると、ショーツが悩ましく盛り上がっている。股間がうずくのをおぼえながらブラホックを外し、肩からストラップを落とすと、由季が自分でブラを取った。

速水は後ろから由季を抱き、両手を前にまわして乳房をとらえた。

「由季さんはグラマーなんだな」

耳元でいって、手に余るボリュームにほどよい弾力がある膨らみをやさしく揉んだ。

由季がせつなげな喘ぎ声を洩らしてのけぞる。速水が乳房を揉むと同時に早くも勃っている乳首を指でくすぐると、たまらなそうな喘ぎ声を洩らして身悶える。むちっとした尻で分身をくすぐられて速水は欲情を煽られ、片方の手を由季の下腹部に這わせた。ショーツ越しに煽情的な膨らみを撫でまわす。由季が喘いで腰をもじつかせる。

手をショーツのなかへ差し入れた。ザラッとしたヘアの感触。興奮をかきたてられて、さらその下に手を差し向けた。

「おお、由季さんのここ、すごいことになってるよ」

速水は驚いていった。秘めやかな粘膜はすでにビチョッとするほど濡れそぼっていた。

「ああ、いわないで」

由季がうわずった声でいって速水の股間を手でまさぐってきた。ズボン越しに強張りを撫でまわす。分身をくすぐるその手の動きが、彼女の欲情を感じさせて速水を興奮させる。

由季が速水のほうに向き直った。そのまま、腰を落としていく。

「由季さん……」

彼女がなにをしようとしているか察して速水は当惑した。

由季が速水を見上げた。いいでしょ、と訴えるような色っぽい眼つきに、速水は圧倒された。速水の腰のあたりに眼をやった由季を黙って見ていると、ベルトを緩め、ズボンを下ろしていく。

トランクスの前が盛り上がっている。由季が興奮した表情でそれを見つめ、両手をトランクスにかけた。

速水は気後れした。ペニスが強張ってはいるものの、〝半勃ち〟の状態なのがわかっていた。それを見て由季に失望されるのではないかという不安が頭をよぎったのだ。といってこの期に及んで、もう由季を制止するわけにもいかない。

由季がトランクスを前に引っ張るようにして下ろした。〝半勃ち〟のペニスが露出した。それでも由季はそれを見て喘ぎ、両手を添えると、唇を亀頭につけて舌をからめてきた。

眼をつむって亀頭をねっとりと舐めまわし、つづいて舌をじゃれつかせるようにしてペニス全体をなぞる。

くすぐりたてられる快感に襲われながら速水が由季のフェラチオに眼を奪われ

ていると、彼女はさらに刺戟的なテクニックを使ってきた。

陰のうまで舐めまわしたり、それを口に含んで吸いたてたりするのだ。同時に手でペニスを巧みに、なによりいやらしくしごく。そしてペニスを舐めまわしたり咥えてしごいたりするときは、手で陰のうを愛撫する。

こんなにも猥(みだ)りがわしくて煽情的なフェラチオは、速水にとって初めての経験だった。もっとも女の経験自体、豊富というわけではなかった。これまでに片方の手で足りる程度だった。

「ああ速水さん、ヒクヒクしてますよ」

由季がうわずった声でいった。

さっきからこのところないほど強張ってきたペニスが、しきりに脈動しているのだ。

「由季さんのおしゃぶりが上手だからだよ。こんなに気持ちのいいおしゃぶりは初めてだ」

速水は気をよくしていいながら由季を立たせた。きれいな紡錘形の乳房を眼にしたとたんそうせずにはいられず、彼女を抱きしめた。

「ああン、ベッドで脱がせて」

由季が腰をくねらせて甘えた声でいった。

速水は靴下を穿いているだけの裸だが、由季のほうはまだショーツをつけている。ふたりはベッドに上がった。

由季が両腕で胸を隠して仰向けに寝た。速水はその横に座った。

「由季さんの色っぽい軀をよく見せてくれ」

いって腕を胸からどかした。

いや、と由季は笑っていうと、両腕を軀の脇に下ろしたまま顔をそむけた。

速水は裸身に視線を這わせた。いかにも脂が乗ってしっとりとした感じの艶やかな肌……重たげに張って優美な盛り上がりを見せている乳房……ウエストのくびれから官能的にひろがっている腰……ショーツの股の部分の悩ましい膨らみ……ほどよい肉づきの太腿……。

官能的にきれいに熟れた裸身を舐めるように見ているうちに速水は、いままでにない感動と興奮をおぼえていた。女体の神々しさのようなものを感じたからで、それは速水の年齢と久しく女体に接していないという事情の、二つの要因のせいかもしれなかった。

そんな速水の視線を感じてか、由季が太腿をすりあわせている。そむけたままの顔を見やると、興奮の色が浮きたっている感じだ。

「脱がすよ」

声をかけると、由季はこっくりとうなずいた。

速水は由季の足元にまわり、両膝を立てさせてショーツに手をかけた。この歳で経験しようとは思いもしなかった胸のときめきに襲われながらショーツを脱がすと、立てたままの膝を開いた。

由季が喘いでわずかに腰をうねらせた。

秘苑があからさまになっている。速水は覗き込んだ。

5

ほぼ逆三角形に濃密に生えたヘア。その下にあらわになっている秘苑は、生々しい淫猥な眺めを呈している。それというのも性器を包む柔肉が露骨に盛り上がり、柔肉を二分する割れ目から肉びらが舌のように覗き、その両側には縮れ毛が生えて口髭を連想させるからだった。

そのいやらしい眺めが速水の興奮と欲情を煽った。

「由季さんのおしゃぶりのお返しだよ」

いうなり秘苑に口をつけた。ヒクッと腰が跳ねると同時に由季が喘ぎ声を放った。

速水は両手で肉びらを分け、舌でクリトリスをとらえてこねた。

由季が感じ入ったような喘ぎ声を洩らす。速水が舌を使いながら見ていると、たまらなそうに繰り返しのけぞっている。

自慢できるほどの女の経験はない速水だが、セックスで女を感じさせるということでは多少の自負があった。自分のことはさておいて女を歓ばせることに徹する。そしてそのこと自体、速水自身にとっての愉しみでもある。これまでそういうセックスをしてきたからだった。

だからとくにクンニリングスは好きで、好きこそものの、の譬えどおり、テクニックには自信を持っていた。

クリトリスを舌でこねる、弾く、口に含んで吸いたてる、吸って舌でくすぐる、わざとクリトリスを外して膣口や肉びらを舐めて焦らすなど、そのテクニックを駆使していると由季は過敏に感応して、さして時間を要することなくよがり泣きしはじめた。

「アアッ、もうだめッ、だめだめッ、我慢できないッ！」

ふるえをおびた昂った声でいったかと思うと反り返った。

「アーッ、イクーッ、イッちゃう～！」

絶頂を訴えながら腰を振りたてる。

狂乱が収まるのを待って、速水は膨れあがっているクリトリスに指を這わせ、そっとまるくこねた。

「だめッ、だめッ、またイッちゃう！」

とたんにおびえたようにいって軀をヒクつかせる。

速水は指を挿入した。

由季が息を呑む感じと悩ましい表情を見せてのけぞった。

生温かい潤みをたたえた膣に滑り込んだ指を、えもいえないエロティックな感触の膣壁がジワッと締めつけてきた。

「由季さんのここ、締まりがいいね。ほら、指を咥え込んでるよ」

速水がいうと、凄艶な表情で息を乱している由季が喘いで身悶える。

速水は由季の両膝を胸につく状態にした。むっちりとした腰が持ち上がって秘苑がよりあからさまになり、指を挿入している局部ばかりか、きれいに皺が刻まれた肛門まであらわになった。

そのまま、指先で膣壁をこねた。由季が昂った喘ぎ声を洩らして腰をもじつかせる。膣がまるでエロティックなイキモノのように繰り返し指を締めつけてきて、それに合わせて肛門がイソギンチャクのように収縮する。

速水が想ったとおりの反応だった。クンニリングスをしているとき、顎に密着していた肛門が由季の快感が高まるにつれて収縮と弛緩を繰り返すようになり、イク寸前にはピクピク痙攣するのを感じていたのだ。それをこの眼で見て確かめようとしたのだった。

その反応を見て速水は興奮を煽られ、指で由季を攻めたてた。そうすることでペニスのパワー不足をカバーし、その不安を解消しようという狙いもあった。

指を抽送したり、膣のなかを指で縦横無尽にこねまわしたりしていると、由季は驚くような反応を見せた。興奮のあまり欲情に取り憑かれたような、これまでにない妖しい表情になって感泣しながら、狂おしそうにのたうちまわるのだ。

熟れた裸身のそのようすを見ていると、速水も欲情をかきたてられてたまらなくなった。

ペニスはこのところないほど力強く勃起していた。それを手に由季の脚の間に分け入ると、局部に当てがった。亀頭で蜜にまみれた肉びらの間をまさぐって、ヌルヌルしているそこをこすった。

「あきてッ。入れてッ」

由季が腰をうねらせてストレートに求める。淫らな腰つきに煽られて速水は訊いた。

「ほしいの？」

「ほしい！」

由季がおうむ返しに応える。

「なにが？」

速水はクリトリスをこすりたてて訊いた。クチュクチュと濡れた音が響く。

「アアッ、速水さんのお×××ん。アアン、焦らしちゃいやッ、入れてッ」

由季が焦れったそうに腰を揺すってふるえ声で求める。

さらに速水は訊いた。

「お×××んをどこに入れてほしいんだ？」

「アアン、お××こ！」

由季が取りすがるような表情で答える。速水は逆上ぎみに興奮して由季のなかに押し入った。

怒張が蜜壺に滑り込むと、由季が苦悶の表情を浮かべてのけぞった。

「アア〜、いいーッ！」

感じ入った声を放った。

ジワッと膣壁が怒張を締めつけてきた。戦慄に似た快感につつまれながら、速水は怒張を抜き挿しした。

由季が早くも泣くような喘ぎ声を洩らす。

腰を使いながら、速水は自分でも驚いていた。さきほどの由季とのやり取りのことだ。いままであんなことをしたことはなかった。それが由季の反応に煽られてああいうやり取りをしていた。そのことに驚きをおぼえると同時に心ときめくものがあった。由季とのセックスにはいままでにない享楽的な要素がありそうに思ったからだった。

そんなことを考えたのも束の間、由季の悩ましい表情とよがり泣き、それにペニスと膣壁がこすれてわきあがる譬えようもない快感に五感は奪われて、速水は夢中になった。

目の前でうねっている熟れた裸身を見て肌を合わせたくなり、由季に覆いかぶさって彼女を抱いた。

滑らかな肌と女体の官能的な起伏の感触。天にも昇る心地よさとは、まさにこのことだった。

速水は由季を抱きしめたまま軀を律動させた。股間をぐいぐい由季の性器に押しつける。ペニスが膣のなかでシーソーのように動き、速水の恥骨がクリトリスをこすりあげる。

「アアッ、これいいッ、気持ちいいッ」

由季が速水にしがみついて昂った泣き声をあげる。そのままつづけていると絶頂を訴え、軀をわななかせながら達した。

速水は上体を起こした。行為をはじめる前までの不安が、いまはすっかり自信に変わっていた。

6

体位を正常位から側位に変えて、速水は腰を使いながら由季の下腹部に手を這わせた。

濃密なヘアをかき上げて、彼女の耳元で囁いた。

「ほら、見てごらん」

由季が股間を見やった。とたんに顔の興奮の色が強まった。

「ああッ、入ってる、ズコズコしてる！」

喉につかえたような声でいう。

由季の片方の脚が速水の腰をまたいでいるため、膣に収まったペニスが出入りしている猥褻な眺めがもろに見えるのだ。

蜜にまみれたペニスの上方に、木の芽が芽吹いたようにクリトリスが突き出している。

速水はペニスを抽送しながら、その肉芽を指先にとらえてこねた。

「アン、それいいッ……アアンいいッ」

由季が腰を律動させせながら、感じてたまらなそうに訴える。

「でもだめッ。感じすぎちゃって、我慢できなくなっちゃう！」

かまわず速水は攻めた。膣とクリトリスの同時攻めで絶頂寸前まで追い上げ、ペニスの動きを止めてクリトリスだけを攻めていると、クッと膣がペニスを締めつけてきてピクピク痙攣し、その直後由季が「イクイクーッ！」とよがり泣きながら軀をわななかせた。

「あ～ん、すごい！　速水さん、自信がないなんて、ウソだったんですね」

由季が興奮と驚きが入り交じったような表情で息を弾ませながらいう。

そういわれて速水としては気分のわるかろうはずがない。気をよくして、つぎはどうやって攻めてやろうかと考えていると、

「こんどは、わたしが上になってもいいですか」

いうなり速水の返事を待たず由季が覆いかぶさってきた。

ふたりは繋がったままだ。由季は速水の胸に両手を突いて上体を立てると、クイクイ腰を振る。

「アアッ、奥に当たってるッ、いいッ！」

うわずってふるえをおびた声でいう。亀頭と子宮口の突起がグリグリこすれ合っているのだ。

速水は両手を伸ばして豊かな乳房をとらえて揉みたてた。

由季がますます夢中になって腰を振る。前後だけでなく、グラインドさせる。いかにも快感に貪欲な熟女らしさを感じさせる、なんともいやらしい腰使いだ。

その腰つきを見て、膣でペニスをしごきたてられるような快感に襲われていると、さすがに速水も我慢がきかなくなってきた。

「由季さん、そろそろ限界だ。一緒にイカないか」

「ええ。じゃあイクとき、速水さんそういってください。わたしもイキます」

由季が速水の両手を取って指をからめた。そのまま律動する。官能的に熟れた腰がウエストのくびれを支点に前後にリズミカルに振れ、そして円を描く。それに合わせて膣でこねられるペニスに甘美な快感が押し寄せてくる。

「由季さん、イクよ！」

速水は呻くようにいった。

「わたしも」

と由季が応えた。

速水は腰を突き上げた。由季の軀がのけぞり、速水の上に倒れ込んできた。ふたりは強く抱き合って一つになった。

仕事の疲れを取るのは入浴が一番だから、浴室にこだわってこの部屋を選んだ。速水を浴室に連れてきたとき、由季はそういった。確かにマンションの１ＤＫの部屋の風呂にしては広めのバスタブだった。

そのバスタブの湯につかって、速水は股間を見やった。

ペニスがイキのよくないナマコのように見えた。久々のセックスでペニスだけでなく、さすがに軀も疲れきっていた。といっても心地のいい疲れだった。

速水は思った。

偶然の雨宿りが思いがけないことになったもんだ。由季はこれからも逢いたいといっていた。つまり、関係をつづけたいということだ。果たしてこのさき、どうなることやら……。

こっちにとっては彼女のような若い、といっても熟女だが、こんないい女と関係がつづけられれば願ってもないことだ。男運がわるいといっていた彼女とは反対に、俺のほうは女運に恵まれたということになる。

ただ、こっちの体力精力ということを考えると、彼女との関係はおのずと限界がある。そこをどうするか、うまくやらなければ、彼女にまた男運がわるかったと思わせてしまうことになりかねない。果報をもたらしてくれた彼女に恩返しするためにも、それだけは避けなければいけない……。

そのとき浴室の扉が開いた。由季が入ってきた。全裸だった。

「まるでビーナスのような裸だな。そういう悩ましい裸を見せられるとそのたびにムラムラしてしまって、軀がもたないよ」

速水が笑って本音を洩らすと、由季は艶かしく笑い返して洗い場にひざまずき、かけ湯をした。

「わたしも一緒に入っていいですか」

いいよ、と速水はバスタブの片側に寄ってスペースをつくった。

由季がバスタブに入ってきて、速水と向き合って湯につかった。湯があふれてバスタブから流れ出た。

「ちょっと行儀のわるい恰好をしてもらうよ」

ふと思いついて速水は由季にバスタブの縁をつかませ、両脚を開いてバスタブをまたがせた。

「やだァ、こんな恥ずかしい恰好」

由季が嬌声をあげた。顔は笑っている。

大股開きの恰好で、速水の前に秘苑があからさまになっているのだ。しかも湯につかって妙な生々しさを呈している。

「なかなかいい眺めだ。ワカメとアワビといったところだな」

速水が笑っていうと、

「うんッ、いやらしい」

由季が色っぽい眼つきで睨んで腰をうねらせる。速水を挑発しているような表情と腰つきだ。

湯の中でゆらゆら揺れているワカメの下のアワビに、速水は手を這わせていった。ゾクゾクするのと一緒にこんな楽しみをどうやって捨てられるだろうかと懸念しながら。

犯す女

1

眼を開けた安井秀夫は、あわてふためいた。

あろうことか、トランクス一枚の恰好でベッドに仰向けに拘束されているのだ。それも手足を紐で縛られて、両手は頭の上、両脚は大きく開かされて。

安井は室内を見まわした。照明はベッドの横のスタンドの明かりが点いているだけだが、ベッドの上は充分に明るく、室内のようすも見て取れた。

この部屋に見覚えはなかった。が、女の寝室らしいようすと室内にかすかに漂っている香水の香りから、記憶が甦ってきた。

高見沢茜の自宅のリビングルームでコーヒーを飲んで急に眠くなり、たちまち我慢できなくなって茜にすすめられるまま彼女の肩を借りてリビングルームから寝室らしい部屋に移動して、ベッドに横になったのだ。どうやらそのまま眠ったらしい。

その間に彼女がこんなことを?! どうして?! まさか悪い冗談か?——にしてもふざけすぎてる!

憤慨したそのとき、高見沢茜が最後にいった言葉が頭に浮かんできた。

「ごめんなさい。『相談に乗って』なんてウソなの。だってそうでもいわなきゃ安井さん、こうしてわたしと会ってくれないでしょ。わたし、安井さんとふたりきりになりたかったの」

そうだ、茜に相談に乗ってほしいといわれて彼女の部屋にきたのだ。そしてコーヒーを飲んだあと、なぜか眠気に襲われながら安井が「相談てなに?」と訊くと、茜はそういったのだ。悪びれたようすもなく、それどころかドキッとするような艶かしい笑みを浮かべて。

安井はドギマギしてしまって、とっさになにもいえなかった。おまけに眠くてたまらなくなっていた。

あのコーヒーのせいだ。あれに睡眠薬を入れられていたにちがいない。

そう思いながら安井は、スタンドが置いてあるナイトテーブルの上の時計を見て驚いた。時計の針は九時前を差していた。室内のようすからして夜の九時にちがいない。だとすれば、茜の部屋にきたのが午後二時ちょうどで、眠ってしまったのがそれから三十分ほど経っていたはずだから、ざっと六時間ちかくも眠っていたことになる！

安井は大声を出して茜を呼ぼうとしてふと、寝室の外にいるのは彼女一人とはかぎらないと思い、とっさにやめた。

もし彼女以外に誰かいるとしたら、女よりは男の可能性が高い。彼女に恋人がいるという話は聞いていなかったが、それも本当かどうかわからない。いずれにしろ、悪い冗談どころか、これはなにかの罠かもしれない。

いやな想像が膨らんできて、安井はますますうろたえた。

そもそも妙な話だった。

「由紀子(ゆきこ)に内緒で安井さんに相談に乗っていただきたいことがあるんですけど、明日の午後うちにきてもらえません？」

昨日役所にかかってきた電話で茜にそういわれて、安井は困惑した。

茜は安井の妻の由紀子と女子大時代の親友で、バツイチの独身である。妻に内緒という相談の中身が気になって安井が訊くと、茜は電話ではいえない、会ってから話すと思わせぶりにいった。

安井が困惑したのは、彼女の部屋で会うのはまずいと思ったからだった。

「相談に乗るのはかまわないけど、俺が力になれるかどうかわからないよ。それでもよければだけど、会うのは喫茶店かどこか外のほうがいいんじゃないの」

そういうと、

「どうして？」

わざとかどうか、茜は事も無げに訊いてきた。

「それはやっぱり、お互いにそうしたほうが——」

「ふふ、安井さんらしいわ」

茜は安井がいうのを遮って、笑っていった。

「らしいって？」

「だって、安井さんお堅いんですもの。わたしなら平気よ。それに相談に乗ってもらいたいことって、安井さんと二人きりでお話ししたいってことなの」

お堅いとからかうような口調でいわれて内心ムッとした安井だが、つづいて秘密めかしたようにいわれると返す言葉がなく、結局、茜の頼みを聞き入れることになった。そして土曜日の役所が休みのこの日、茜と約束した午後二時に彼女の自宅があるマンションにやってきたのだった。

妻の由紀子には、仕事がらみで人と会うとウソをついていた。妻のほうは料理教室主催の一泊旅行で安井より先に、午前中に出かけていった。

安井はふと、空恐ろしいことを想像した。

そんなようすは感じなかったけれど、本当は茜が内心、俺たち夫婦のことを妬んでいたとしたら……。

由紀子と茜の付き合いは女子大時代から継続していたわけではなく、卒業後は疎遠になっていたらしい。それが卒業からちょうど十年後の半年程前の再会を機に、二人は頻繁に会うようになった。それで安井もときどき三人で飲食したりするようになり、茜と親しくなったのだ。

茜は会社を経営している。二十六歳でそれまで勤めていた商社をやめて会社を立ち上げ、その後結婚したものの早々と離婚してプライベートな面は順調とはいえなかったようだが、会社のほうは着実に業績が伸びているというからなかなかのやり手である。しかもまだ三十二歳で、美人ときている。

そんな彼女が果たして、いくら円満だといっても平凡な生活を送っている公務員夫婦を妬むだろうか。

あり得ないことだと疑念を打ち消したとき、安井は弾かれたように顔を起こした。ドアが開く音がしたのだ。

「やっとお目覚めのようね」

寝室に入ってきた茜が笑みを浮かべていった。一人だった。緊張しきっていた安井はホッとした。瞬時に憤りが込み上げてきた。

「なぜこんなことを?! 早くほどくんだ!」

「だめ。まだ自由にしてあげられないの。それより、無理ないけど驚いちゃったでしょ?」

茜が笑みを浮かべたまま、腕を組んで安井を見下ろして訊く。

「当たり前じゃないか。まだ自由にしてあげられないって、どういうことなんだ?!」

「あら、驚いただけじゃなくて怒ってもいらっしゃるの?」

「なにいってんだ。冗談いってる場合じゃないだろう!」

「冗談なんかじゃないわ。マジよ。わたしマジに安井さんを犯しちゃおうと思ってるの」

平然としてとんでもないことをいった茜に、安井は唖然とした。だがそれも一瞬のことで、すぐにひどくうろたえた。妖しい笑みをたたえた茜が、プロポーションのいい軀にフィットしたニットのワンピースを両手でゆっくりと持ち上げはじめたからだ。

「やめろ！　茜さんやめるんだ！」

安井は茜から顔をそむけて叫んだ。

「安井さんてすごくマジメで、由紀子のこともすごく愛してるみたいだから、浮気なんて当然一度もしたことないんでしょ？」

茜がいうのにつられて彼女を見た安井は、眼を見張ると同時に息を呑んだ。いきなり煽情的な下着姿が眼に飛び込んできたのだ。

胸元まで持ち上がったワンピースの下にあらわになっているのは、薄紫色のショーツに同色のガーターベルトで肌色のストッキングを吊った下着姿で、しかもショーツがシースルーなのでヘアが透けて見えているのだ。

「わたし、そんな安井さんに興味を持っちゃったの。いけない？」

被りのセーターを脱ぐように頭からワンピースを脱いだ茜が、揶揄するような笑みを浮かべて訊く。ブラもシースルーで、形のいい乳房が透けて見えている。

安井はドギマギして眼の遣り場に困りながらいった。

「いけないにきまってるじゃないか。第一きみは由紀子の親友なんだぞ。一体なにを考えてるんだ?! もうこんなバカなことはやめて、早くほどいてくれ」

「逆なの。わたしがこんなことをしてるのは、由紀子の親友だからよ。彼女のためになると思ったからよ」

茜は落ち着いた口調でいった。

安井はますます感情的になった。

「由紀子のため?! 俺を犯すことが由紀子のためだって? そんなことがあるわけないじゃないか」

「それがあるの。わたしきっとそうだろうと想ったんだけど、安井さんてセックスするときもマジメな性格そのままなんじゃない? セックスを愉しむためにウンといやらしくなったりなんてこと、ないんでしょ?」

「そんな、なんだよいきなり。そんなこと、きみには関係ないし、どうだっていいじゃないか」

「よくないわ。そういう男って、女にとっては物足りないものなのよ」

憤慨していた安井はうろたえた。

「まさか、由紀子がそんなことを?!」

茜は謎めいた笑みをを浮かべて、

「それはご想像にお任せするわ。ただ、はっきりいえることとは、由紀子もそう思ってるってこと。それは事実よ。それでわたし思ったの。安井さんに刺戟的なセックスの仕方を教えてあげたい。そうすれば安井さんのセックスもいままでとちがって、それが由紀子のためにもなるって。だけど安井さんて、ふつうに誘惑しても無理なのはわかってたから、こんな方法を取らせてもらったの」

両手を背中にまわした茜がそこまでいうとブラを外し、取り去った。なにをバカなことをいってんだ！――と反論しようとした安井は、それよりもあわてて茜を制した。

「やめろ！　やめるんだ！」

「わたしって、魅力ありません？」

茜が艶かしい笑みを浮かべてシナをつくり、両手で太腿から上に軀の線をなぞっていく。

ガーターベルトとストッキングが刺戟的な、ほどよく肉がついた太腿……悩ましく張り出した腰……ショーツ越しにいやでも眼に入るモヤッとしたヘア……きれいにくびれたウエスト……小振りだが形よく張って大きめな乳首が突き出している乳房……。

ピンク色のマニキュアをしたきれいな指の動きに思わず眼を奪われていた安井は、乳房まで上がった茜の両手がその膨らみを思わせぶりに揉むのを見て、一気に頭に血が上った。

2

「うれしいわ。安井さん、わたしの軀見て少しは感じてくれたみたい」

茜が弾んだ声でいった。彼女の視線が自分の腰のあたりに注がれているのに気づいて安井は狼狽した。いつのまにかトランクスの前が持ち上がっていたのだ。

「待てッ。いけないよ茜さん」

近づいてきた茜に、安井はたじろいでいった。

反対に茜はこの状況をおもしろがっているような笑みを浮かべている。そのままベッドに上がってくると、安井に添い寝するような恰好で、彼の股間に手を這わせてきた。

「いけないってことはないでしょ？　ここがもう、こんなことになっちゃってるのに」

トランクスの上から強張りを撫でながらからかうようにいうと、安井の胸に顔を埋めてきて、舌で乳首をくすぐるように舐めまわす。

「そんなッ、やめろよ。だめッ、だめだって！」

安井はうろたえて身悶えた。だが茜はやめない。乳首を舐めまわしながら、手でトランクス越しに強張りばかりか陰のうまで撫でまわす。

安井は二重三重にうろたえていた。女から無理やり犯されることはもちろん、乳首を舐めまわされるなんて経験も初めてで、しかもこれで感じてしまったら由紀子を裏切ることになるからだった。

ところが茜の愛撫は巧みだった。それもすこぶる——。

とくに指使いが細やかで、しかもその指先にまるで快感を引き出す魔法でも潜んでいるかのようだった。

そのため、感じてはいけない、いけないと安井が必死に自分に言い聞かせていても、快感をこらえようがない。さらに乳首のくすぐったさも快感になってきて、かろうじて喘ぎ声をこらえているものの、身悶えずにはいられない。

「どう？　男性でもオッパイ感じちゃうでしょ？　ほ～ら、しっかり勃ってるわよ」

顔を起こした茜が勝ち誇ったようにいって、指先で乳首をこねる。

「アアッ！……」

思わず安井は喘いでのけぞった。

「こっちはもっとすごいわよ。もうビンビンて感じ……」

ブリーフの露骨な突き上がりを手で撫でながら、茜が楽しそうにいう。彼女も興奮しているらしく、笑い顔が強張って眼がキラキラ輝いている。

茜がナイトテーブルに手を伸ばした。小抽斗からハサミを取り出すと、安井の股間に移動する。安井は一瞬ギョッとした。が、ハサミが使われたのは、トランクスを切り取るためだった。

茜はトランクスを布切れにして取り去ると、むき出しになっていきり勃っているペニスを凝視して指でなぞりながら、

「ああ、安井さんの、美味しそう。食べたくなっちゃう」

舌なめずりせんばかりのようすでいう。

「だめッ。だめだよ」

ビクン、ビクンとペニスが跳ねて安井の声はうわずる。

茜がたまらなそうな喘ぎ声を洩らした。ペニスに向かって屈み込むと、舌を亀

頭にからめてきた。ゾクッと、安井は快感のふるえに襲われた。

茜の舌がねっとりと亀頭を舐めまわす。さらに唇と舌が亀頭から根元まで繰り返しなぞる。その口元といい、眼をつむってうっとりしているような表情といい、ひどくいやらしい。

必死に快感をこらえながら思わず茜の顔に見入っていた安井が、そのいやらしさに興奮をかきたてられて見ていられなくなって顔をそむけたとき、ツルリとペニスが茜の口に含まれた。

「だめッ、だめだよ茜さん。やめろッ」

安井は懇願した。ペニスを口でゆるやかにしごかれていると、声がひとりでにふるえをおびて裏返ってしまう。——と、茜が顔を上げた。

「安井さん、犯されてる女みたいよ」

おかしそうにいって膝立ちになり、

「男性を犯すなんてわたしも初めてだけど、想ったよりもおもしろくて興奮しちゃうわ」

わくわくしているような口調でいいながらショーツを下ろして脱ぎ去ると、安井の上に逆さ向きに被さってきた。

「お堅い安井さんでも、由紀子にクンニはするんでしょ？　わたしにもして」

いってペニスを咥え、しごく。

いきなり茜の性器を顔の前に突きつけられて狼狽した安井だが、それを見たとたん眼を離せなくなった。

茜のそこは、ヘアが薄く、そのぶん性器が露骨に見える。肉びらも薄く、歪んだ唇のように見える肉びらまで、すでに蜜にまみれている。

「アアン舐めて。しゃぶり尽くすみたいに舐めて」

ペニスから口を離した茜が焦れったそうに腰をくねらせてあからさまな言い方で求め、またフェラチオをつづける。

安井は激しく逡巡した。茜の口で甘美なうずきをかきたてられていると、目の前の彼女の性器にしゃぶりつきたい衝動にかられる。といって衝動に負けたら、不倫の共犯者ということになってしまう。

フェラチオをしている茜が焦れったそうな鼻声を洩らす。まさにペニスをしゃぶり尽くそうとしているようなフェラチオで、いやでも安井の快感と興奮はかきたてられる。

安井は驚いた。いつのまにか、肉びらの上端を押し分けるようにしてピンク色の肉芽が覗いているのだ。茜の興奮が高まるにつれてクリトリスが勃起してきたにちがいない。それにしてもむき出しになったら小指の先ぐらいはあるだろう、大きなクリトリスだ。

それを見て安井は衝動的に秘苑にしゃぶりついた。探るまでもなく、コリッとした大振りな肉芽を舌でとらえてこねまわした。

「アアいいッ。安井さんも、やっとその気になってくれたのね。うれしいわ」

茜が手でペニスをしごきながら快感を訴え、うわずった声でいうと、またフェラチオをはじめる。

その気になってしまった安井は、それまでとちがって我慢がきかなくなった。茜の口のなかで暴発しそうになるのを必死にこらえながら無我夢中でクリトリスをこねた。すると茜がすすり泣くような鼻声を洩らしはじめ、その声を聞いてついに我慢できなくなって、安井は叫んだ。

「だめだッ、やばいよ！」

茜がペニスから口を離した。

暴発寸前だった。安井が息を弾ませていると、茜が彼の上から下りて股の間にひざまずいた。

「安井さんの、ほしいわ。いただいていい？」

艶かしい笑みを浮かべて安井の顔を覗き込み、わざとらしく訊く。

安井は黙って顔をそむけた。依然として妻以外の女と関係を持つことの罪悪感を抱えたままだったが、いきり勃ったペニスを息遣いと一緒に脈動させていることの状態では、もはやいやだともいえず、そうするしかなかった。

「いけないっていわないってことは、いいってことね」

茜は勝手にいうと、安井の腰にまたがってペニスを手にした。亀頭を肉びらの間にこすりつけて、ツルッと膣口に収めた。そのまま、腰を落とす。

ヌルーッと、ペニスがエロティックな感触の膣道に滑り込んでいく。安井は快感にふるえた。ほとんど同時に妻の顔が脳裏に浮かび上がって、怯んだ。

3

騎乗位の体位を取った茜が、形のいい乳房やいやらしい腰の動きを安井に見せつけようとしてか、両腕を軀の脇に下ろして上体を真っ直ぐに立てて腰を律動させながら、悩ましい表情で喘ぐ。

「アアッ、いいッ。この感触、久しぶり。アアン、グリグリ当たってる！　たまンないわッ。安井さんはどう？」

安井も、亀頭と子宮口がこすれ合ってうずくような快感に襲われていた。だが犯されているも同然の状態で「どう？」と訊かれても、答えようはない。

それよりも茜のいった言葉から、彼女にとってこれは久しぶりのセックスで、欲求不満からこんなことをしたのか？　と思った。

そのとき茜が覆い被さってきた。

「ね、安井さんも、なにかいって」

軀を重ね合わせた状態で腰をうねらせながら、安井の耳元で囁く。

「なにかって、なにを」

茜の乳房や滑らかな肌の感触とペニスが蜜壺でくすぐられる快感で気持ちが蕩けかけているとき、甘い声で囁かれて、思わず安井は訊き返した。

「いやらしいこと」

茜が秘密めかしたような声で囁く。安井は戸惑った。

「そんな……そんなこといわれても……」

「どんなことをいっていいかわからない？」

「ああ」

「でしょうね。安井さんて、由紀子とセックスしてるときでも、いやらしいこといったりしたりするなんてこと、ないんでしょ？」

「なんでそんなことを訊くんだ？」

「それだと、由紀子は物足りながっていると思うからよ。由紀子って、男の人から見たらお淑やかなタイプでしょ？　ところが彼女、本当はわたしなんかよりもエッチなのよ」

　茜が安井の耳元で思いがけないことを囁く。

「ちょっとマゾッぽいところがあって、例えばセックスしてるときいやらしいこといわれたりいわされたりとか、焦らされたり弄（もてあそ）ばれたりするとか、そういうのが好きなの」

　そこまでいって茜が顔を上げ、唖然としている安井と向き合った。

「安井さんとしたら、信じられないでしょうけど、でもこれ、本当のことよ。さっき安井さん、まさか由紀子がそんなことをいったのかって訊いたけど、そう、そのまさかなの。男性と同じで、女性同士もエッチな話になるとけっこうアケスケなの」

茜が妖しい笑みを浮かべていう。

由紀子にかぎってそんなことがあるはずがないと思っていた安井は、激しく動揺していた。

「それでも安井さんはたぶんまだ信じられない気持ちでしょうから、由紀子がどうされるのが好きか、かわりにわたしが教えてあげるわ」

いうなり茜が唇を重ねてきた。少しの間動きを止めていた腰をうねらせながら、強引に舌を入れてきて、せつなげな鼻声と一緒にねっとりと安井の舌にからめてくる。

安井はショックを受けた反動から得体の知れない衝動にかられて、熱っぽく舌をからめていった。

「アアンいいッ。ね、わたしにどこがいいか訊いて」

唇を離した茜が安井の耳元で荒い息遣いとともにいう。

安井は訊いた。

「どこがいい?」

「でも女って、すぐに露骨なことをいうのは恥ずかしいから、それに、そんな女に思われたくないから、大抵『そこ』とかいうの。そのとき男性のほうは『ちゃんといやらしい言葉でいうまでシテやらない』なんていって、動きを止めてクリチャンを嬲(なぶ)るとか、こうして焦らしちゃうとかするわけ」

亀頭がやっと膣口に収まっている状態にまで茜が腰を浮かし、そのまま小刻みに律動する。

「アンいいッ。これもいいのッ。アアンでも、もっと、もっと奥までしてッ」

ふるえ声で快感を訴え、焦れったそうに求める。安井と同じく茜も、亀頭と膣口が引っかかるようにしてこすれるのがたまらないらしい。たまらなさに煽られて安井はいった。

「どこがいい？　いやらしい言葉でいってみろ。いうまでシテやらない」

「そう、その調子よ安井さん」

茜がしがみついてきた。

「アンッ、いじわるッ。お××こいいの。お××こだけじゃない。安井さん見たでしょ？　わたしクリちゃんが大きいの。こうしてたら、ビンビン感じちゃって、たまンないの」

大振りなクリトリスを安井のペニスの付け根にこすりつけるような腰遣いをしながら、息を弾ませてあからさまなことをいう茜に、安井は興奮をかきたてられて快感をこらえきれなくなった。

「茜さん、もうだめだ。我慢できないよ」

「わたしもよ。安井さんとははじめてだし、興奮しちゃって、もうイッちゃいたい感じ。一緒にイキましょ」

茜が激しく律動しながら息せききっていう。

「ヤバイよ、外に出さなきゃ」

「いいの。いま安全だから」

たまらず安井は発射を告げて腰を突き上げた。快感液を迸らせた。同時に茜も絶頂を訴え、よがり泣きながら安井の迸りに合わせて軀をヒクつかせる。


時刻は深夜の零時になろうとしていた。

安井はまだ茜の部屋にいて、居間のソファに座っていた。シャワーを使ったあと、彼女が用意してくれた遅い夕食を食べ終わったところだった。

安井は暗澹とした気持ちになっていた。

状況はどうであれ、茜と肉体関係を持ったことにかわりはない。社会的な立場がある茜がそのことを楯に安井を困らせるようなことをするとは思えないが、絶対にないとはいいきれない。

それよりもこのあと、なにかの拍子に茜とのことが妻の由紀子に知れないともかぎらない。そのとき由紀子は安井を許さないだろう。関係があった相手が親友の茜ということで、よけいに許せないはずだ。そうなったら離婚は免れない。

安井にとって由紀子と離婚するなんてとても耐えられない。安井は由紀子を心底愛していた。結婚して五年でまだ子供はいないが、それは安井がもう少し夫婦水入らずの生活を愉しみたいと思ってできないように避妊しているからで、それほど由紀子に惚れ込んでいる。

もともと真面目で堅物の安井だが、由紀子と結婚してからは、だからよけいにほかの女は眼に入らなかった。

ふたりの結婚は、安井が勤めている省庁の上司の紹介による見合い結婚だった。見た目も性格も淑やかで女らしい由紀子に、安井はたちまち惚れ込んだ。由紀子のほうは安井の人柄に好感を持ってくれたようだ。それに安井が一応キャリアといわれるエリートだということも、由紀子が安井のプロポーズを受け入れてくれた要因の一つになったかもしれない。

結婚生活は順調そのものだった。もちろんセックスも含めて。少なくとも安井自身はそう思っていた。

それだけに茜から聞いた由紀子の話はショックだった。ショックのあまり、いまもまだ信じられない気持ちだった。

いくら女同士だとアケスケになるにしても、あの由紀子にかぎってそんなことはないと思うし、まして茜がいったようないやらしさなんてとても考えられない……。

安井はいまふと思った。あれはみんな茜の創作で、彼女自身のことではないのか?!

由紀子と茜はまったく対照的なタイプである。二人とも十人並み以上の美人でスタイルもいいが、美人のタイプも対照的だ。由紀子はロングヘア、茜はショートヘアがそれぞれ似合うタイプで、性格も由紀子はやさしく女性的だが、茜のほうは快活という感じだ。

茜なら、彼女がいっていたようなセックスの好みがあってもおかしくはない……。

安井はそう思った。もっとも安井自身、自分のことでもショックを受けていた。拘束されて抵抗ができなかったとはいえ、さきほどは完全に茜のペースに引き込まれて、いままでにない興奮と快感をかきたてられてしまったからだ。

安井さんてセックスするときもマジメな性格そのままなんじゃない?――茜にそういわれたときは、嘲笑された気がして憤慨したが、いまは茜にいわれたとおりだと認めざるを得なかった。

それだけではない。茜と関係を持ってしまったことで暗澹とした気持ちになりながらも、彼女とのセックスに魅せられてしまっている自分がいて、そのことに戸惑っていた。

茜がシャワーを浴びてもどってきた。白いバスタオルを軀に巻いている。同じバスタオルを腰に巻いてソファに座っている安井の前に立って、艶かしく笑いかけてきた。

「由紀子のこと考えてたんでしょ?」

安井はあいまいに笑っていった。

「それもあるけど、それだけじゃない。いろいろあったんでね、信じられないようなことが一度に」

「そうね、わかるわ」

茜が安井の横に腰を下ろした。安井にもたれかかってきた。

「で、わたしのこと、怒って軽蔑してたんでしょ？　ひどい女だ、しかも淫乱な女だって」

自嘲するような口調でいいながら、安井のバスタオルの下に手を差し入れてくる。

訊かれて初めて茜に対して怒りをおぼえたり彼女を軽蔑もしていないことに気づき、妙な気がした。それよりもすでに関係を持った相手なのにこういうことに慣れない安井は、ドギマギしながらいった。

「そんなことないよ」

「ホントに？」

茜が色っぽい眼つきで安井を見上げて訊く。バスタオルのなかの彼女の手は、安井の股間をペニスだけをわざと避けるようにして撫でまわしている。

「ああ」

安井の声はうわずった。三十四歳の分身は早くも充血してきている。

「よかった。わたしね、安井さんのことだから、淫乱な女っていやがられるんじゃないかって、それが一番心配だったの。淫乱っていってもセックスのときだけ淫らに乱れちゃうという意味なんだけど、それわかってもらえないんじゃないかと思って」

「俺だってそれぐらいわかるさ。相手が美人の茜さんだもの」

強張ってきたペニスを茜の手でくすぐられるゾクゾクする快感につられて、安井の口は滑らかになった。

「驚いたわ、そんなこと安井さんがいうなんて。ね、じゃあ二人とも思いきり淫乱になって愉しみましょうよ」

茜がうれしそうな表情と弾んだ声でいって自分のバスタオルを取り払い、安井にもそうするよう求めた。

二人とも全裸で抱き合って唇を重ねた。すぐに濃厚なキスになった。茜の手がペニスにからんで、かるくしごく。

安井も茜の股間をまさぐった。肉びらの間はもうヌルヌルするほど潤っている。

「アアン、安井さん舐めて」

大振りなクリトリスを安井が指でこねはじめると、すぐに茜が唇を離していった。そして自分からソファの上で股を開いて誘う。

ためらいなく安井はその前にひざまずき、茜の股間に顔を埋めた。

クリトリスを舐めまわしてイカせて、そしてフェラチオをたっぷりさせたあと、彼女がいったように挿入まで焦らしたり弄んだりして、またいやらしいことをいわせてやろう。

そう考えて、そんないままでにない自分に戸惑うと同時に興奮しながら、安井は舐めごたえのあるクリトリスを舌でこねまわした。

4

茜と初めて関係を持ってちょうど一週間経っていた。

幸いなことに、安井と茜の関係は由紀子には知られていなかった。

この一週間の間に安井は一度、仕事帰りに茜の部屋にいって彼女とのセックスを愉しんでいた。おたがいに淫らになって乱れるそれは、まさに愉しむというのがぴったりの行為だった。

そのあと茜が安井に、由紀子とも同じようなセックスをしたかと尋ねた。茜と関係を持って三日後だったので、安井はうしろめたさもあってまだ由紀子とはセックスしていなかった。安井がそう答えると、

「そんなのだめよ。由紀子ともわたしとしてるのと同じようにしてあげて。そう

じゃなきゃ、わたし由紀子に申し訳なくて、安井さんとつづけていけないわ」

茜はそういって由紀子とセックスするよう安井をけしかけた。

おかしな言い方だが、茜から関係をつづけていけないといわれると安井は困惑した。これで事が終われば最悪の事態を回避できて安堵すべきところなのに、反対に困ったのは安井自身思いがけない精神状態に陥っていたからだった。

茜と関係を持ったのは、最初の二回をふくめてもまだ三回にすぎない。ところがいままで堅物できたせいか、たちまち彼女とのセックスの虜になってしまい、すぐには関係を解消したくない、というよりできない気持ちになっていたのだ。

それでいて茜以上に由紀子は大切で、失いたくなかった。

その由紀子がキッチンに立って夕食の後片付けをしている後ろ姿を、プロ野球のナイター中継が映っているテレビの前のソファから安井はワインを飲みながら見ていた。

もともとアルコールは強くはないが、今夜はその力が必要だった。

由紀子はブラウスにタイトカートを穿いて腰にエプロンを巻いている。肩の下あたりまである黒光りしたロングヘアの艶かしさと一緒に、服の上からでもプロポーションのいい裸身が生々しく想像できて、早くも安井の股間は充血してきていた。

ただ、安井は自分のなかに込み上げてきている欲情に戸惑ってもいた。これまでにない感じの欲情だからだった。それも不倫を犯したことの罪悪感によって煽られているような、いささか屈折した欲情だった。

安井はあらためて茜が由紀子についていったことを考えてみた。

茜がいった由紀子のセックスの好みが果たして本当なのかどうか、それはわからない。もしウソだった場合、茜から聞いたようなことを安井がしようとしたら由紀子は驚き、憤慨するだろう。安井のことを変態呼ばわりするかもしれない。

もしもそれが茜の狙いで、安井たち夫婦の関係を壊そうとしているのだとしたら……。

まさか茜がそこまでひどいことをするとは思えないけれど、由紀子に茜がいうようなセックスの好みがあるというのも信じがたい。

そうは思うものの、安井は試してみずにはいられなかった。それで由紀子がいやがったときは無理はせず、冗談ですまそうと思っていた。

反対にその結果茜のいっていたことが当たっていたときは、当然驚くだろうが由紀子のことがいやにはならない。それどころか安井自身、ますます好きになるだろうことがわかっていた。

　そんな気持ちになったのは、茜とのセックスを経験したからだった。

片づけを終わった由紀子がエプロンを外しているのを見て、安井は立ち上がった。由紀子のそばにいって後ろから抱き寄せた。

「あン、突然なに？」

　驚いたようすで訊く妻の乳房をブラウスとブラ越しに両手で揉みながら、安井は耳元で囁いた。

「突然由紀子がほしくなったんだ」

「え?!……なに？　今夜のあなた、変よ。なにかあったの？」

うわずった声で訊かれて安井は内心うろたえたが、「べつに」というなり由紀子を向き直らせて唇を奪った。舌を差し入れてからめていくと、由紀子も小さく呻いて舌をからめ返してくる。

早くもペニスが勃起していた。安井の片手が由紀子のヒップを引き寄せて撫でまわしているため、ペニスが由紀子の下腹部に突き当たっている。それを感じてか、由紀子がせつなげな鼻声を洩らして腰をもじつかせる。

「寝室にいこう」

唇を離して安井はいった。夫のようすにいつもとはちがうなにかを感じたのか、由紀子は神妙な表情で黙ってついてきた。

寝室に入ったとたん、由紀子の表情が驚きに変わった。布団を取り払ったダブルベッドの上に、紐やアイマスクが置いてあったからだ。それは夕食のあとで安井が用意しておいたものだった。

そのベッドに腰かけて前に由紀子を立たせた安井は、ブラウスのボタンを外していきながらいった。

「今夜はちょっと変わったことをしてみないか」

「変わったことって？」

されるままになって由紀子が戸惑ったような表情で訊く。

「由紀子がいやだっていうならやめるけど、ほらＳＭプレイってあるだろ？　といっても本格的なやつじゃなくて、かるく縛るだけのソフトなプレイで、ＳＭごっこみたいなもんなんだけどさ、やってみないか」

「そんな……突然いわれても……それに、あなたがそんなことをいうなんて、どうして？」

当然といえば当然だが、由紀子はひどく驚き困惑している。

安井はブラウスを脱がしながらいった。

「特に理由なんてないんだけどさ、ちょっと変わったことして愉しむのもいいんじゃないかと思って。ただ俺たちふたりとも照れ屋だからさ、最初は由紀子に目隠ししたらやりやすいと思うんだ。それでどうかな」

「……あなたがしてみたいんだったら……」

上半身ピンク色のブラだけになった由紀子が俯いてちょっと考えてから、つぶやくようにいった。

「よかった。じゃあしてみよう」

思わず弾んだ声でいって安井は立ち上がった。自分でも表情が輝いているのがわかった。由紀子にブラを取るようにいい、さっそく紐とアイマスクを手にした。

茜の部屋に二度目にいったとき安井は、彼女にいろいろ教えてもらいながら初めて女を縛って嬲るという経験をした。そのときのことを思い浮かべながら、上半身裸になって両腕で胸を隠している由紀子の後ろに立つと、まずアイマスクをつけ、ついで両手を背中にまわさせて手首を紐で縛った。

さらに乳房の上下にも紐をまわし、茜よりもボリュームがある膨らみを絞り出すようにすると、由紀子はせつなげな喘ぎ声を洩らした。そのいかにも感じ入ったような声に驚きながら安井は前にまわり、スカートを脱がせた。スカートの下はブラと同じピンク色のショーツだけだった。

そこで由紀子をベッドに上げて寝かせ、それを見下ろしながら安井も手早くブリーフだけになった。妻を縛っている間にペニスがいきり勃って、ブリーフの前を突き上げていた。

「いやァ、縛られてる由紀子を見てるだけで興奮しちゃってたまらないよ。由紀子はどう？」

「いや」

由紀子は恥ずかしそうな小声を洩らした。

アイマスクの効果は安井にもあった。由紀子に見られていないぶん気を使わないですむ。ベッドに上がって覗き込むと、由紀子は息を弾ませていた。それに合わせて乳房が大きく上下し、その頂きの乳首がはち切れんばかりになって突き出している。紐で絞り出されているせいだけではなく、興奮のためだ。

「由紀子も感じてるみたいだな。ほら、このビンビンの乳首——」

指先で乳首を触れたとたん、「アンッ」と由紀子が鋭い喘ぎ声を発して弾かれたようにのけぞった。縛られたり目隠しされたりしているせいか、いつもよりはるかに過敏になっているようだ。

「どれ、アソコはどうなってるか調べてみるか」

安井はショーツを脱がしていった。それにつれて由紀子がいやがって身悶える。いままで聞いたことのない声と見たことのない悶えが、安井をゾクゾクするほど興奮させる。ショーツを抜き取ると、強引に由紀子の両脚を押し開いた。

「いや〜ッ。あなた、ダメッ。見ないでッ。見ちゃあいやァ」

由紀子が悲痛な声をあげて腰を振る。

その股間に見入った安井は驚愕していた。なんと秘苑一帯、まるで失禁でもしたようにぬれそぼっているのだ。

それに安井はショックも受けていた。茜がいっていたことは本当のことだったのだ。

「驚いたなァ。由紀子のここ、もうビチョビチョに濡れてるぞ」

「アアン、いや〜。いっちゃいや〜」

指でクリトリスをこねる安井に、色っぽい声でいって由紀子は悶え、すすり泣くような声を洩らしながらたまらなそうに腰をうねらせる。

「ほら由紀子、どこがいいんだ？　いやらしい言葉でいってごらん」

安井は指で膣口をこねてクチュクチュという卑猥な音を響かせながら訊き、けしかけた。

「アアそこッ、そこがいいのッ」

「そんなんじゃだめだ。ちゃんといやらしい言葉でいってみろ」

「あなた!……」

いつにない安井に、由紀子は驚いたらしく、絶句した。それでもすぐにたまらなさそうに裸身をうねらせながら、

「アアン、お××こがいいのッ、お××こもっとしてッ」

昂った声であからさまなことをいう。

安井は耳を疑った。ショックで頭のなかばかりか全身熱くなった。が、それも一瞬のことで、火のような興奮に襲われて射精しそうになった。

どうにか暴発をこらえて、安井は由紀子の秘苑を見やった。濃密なヘアとよく発達した肉びらのせいで茜のそこよりも淫猥な形状を呈しているそこが、これまでにないほど煽情的に見えて、また欲情をかきたてられた。

安井は怒張を手にすると、もっと由紀子を焦らして翻弄すべく、亀頭で割れ目をこすった。それに合わせて由紀子がこれまで安井が聞いたことも見たこともな

い艶めいた声と腰つきを見せて悶える……。

妻の由紀子と刺戟的なセックスを愉しんでから三日後のことだった。

一泊の予定で関西に出張した安井は、その日のうちに仕事が片づいたため、予定を変更して帰京することにした。

由紀子に黙って帰宅して驚かせてやろうと思っていた。そして、今夜もこの前のようなセックスを愉しもうと、期待に胸を膨らませていた。

マンションの自宅に着いたときは夜の十時になっていた。安井は音を殺して自宅に入った。

由紀子の姿は居間になかった。抜き足差し足で寝室の前までいき、そっとドアを開けてみた。

その瞬間、安井は驚愕して息を呑んだ。ベッドの上で全裸の女が二人からみあっているのだ。一瞬どういうことか理解できなかった。

だがすぐにわかった。一人は由紀子で、もう一人は茜だった。それでやっと安井の頭と軀は動きはじめた。

「安井さん——！」

ベッドのそばに立っている安井に気づいた茜が仰天した表情で喉につかえたような声を発した。ついで由紀子が弾かれたように起き上がった。

「あなた!」

「いいところに帰ってきちゃったな」

安井は苦笑いを浮かべていった。

「ホント、いいところだったのよ」

茜も苦笑していった。

「見られちゃったら仕方ないわね。いずれ話そうとは思ってたんだけど、じつはわたしたち、学生時代にこういう関係だったの。といっても二人ともバイセクシャルなんだけど。で、何年かぶりに再会して、また二人で愉しんでるうちに安井さんのことといろいろ聞いて、すべてはわたしが由紀子を説得して計画したことなの。安井さんが由紀子の期待どおりのセックスをしてくれるようになったとき、わたしも入れてもらって三人で愉しもうってことまで。……安井さん、それってどう?」

訊かれて安井はうなずいた。思ってもいなかった刺戟的な展開に同意して、滑稽なほど強く——。

熟れた毒

1

「お客さん、ちょっと待ってください」

スーパーマーケットから出たところで呼び止められた。振り向くと、スーパーの制服を着た男が立っていた。

「そのバッグの中を見せてもらいたいんですけど、ここではなんですから、一緒に事務所まできてください」

「え?! どういうことですか?」

男にいわれて、瀬木弥生(せきやよい)は戸惑った。が、すぐにいわれている意味がわかって気色ばみ、憤慨した。

「失礼ねッ。わたしが万引きしたっていうの?!」

とっさに声を抑えたつもりだったが、そばを通りかかった買い物客には聞えたらしい。いっせいに刺々しい視線を向けられて、弥生はうろたえた。

「瀬木さんじゃないですか」

突然、横から声をかけれた。見ると、思いがけない人がいた。

「須賀先生！」

「なにかあったんですか？」

須賀が心配そうに訊く。弥生は須賀に訴えた。

「ひどいんですよ。わたし、万引きしたって疑われてるんです」

「そんな！　あなた、このスーパーの人？」

須賀は驚き、男に向かって訊いた。

「ええ。店長の亀井です」

「万引きだなんて、この人はそんなことをするような人じゃないですよ。なにかのまちがいでしょ」

「あなたは？」

「教師です、この人のお子さんの担任の」

須賀と店長が言い合っている間に弥生は食材などが入ったスーパーのビニール袋を足元に置き、バッグを肩から外した。

買い物のときに愛用しているそのバッグは、扇状の形をした大振りなもので、口の部分が大きく開いていて、留め金は磁石のボタン一つ。そのため、口の部分を上から見ると、ちょうど「∞」の形をしている。

バッグのなかを見た瞬間、弥生はいきなり頭を殴打されたようなショックを受けた。「∞」の形をした口の部分から、そこにあるはずのない、値札のついたピンク色の布が覗き見えたからだ。

あわててボタンを外しバッグの口を開けてみた。

「そんな――！」

弥生は絶句した。

ピンク色の布は、まるめられた売り物のショーツだったのだ。

「どうしました？」

弥生のうろたえた声とようすに、須賀が驚いて訊く。

「それが証拠ですよ、お客さん。さ、事務所まできてもらいましょうか」

店長が勝ち誇ったようにいって弥生の腕をつかんだ。

「待って。待ってください。こんなもの、わたし買ってません。それがどうしてここにあるのか、わからないんです」

弥生は狼狽しきって必死に訴えた。

「わかった、わかった。万引き犯はみんなそういうんだよ。話は事務所でゆっくり聞くから、さ、くるんだ」

店長が嘲笑するように、そして高圧的にいって連行しようとする。

「先生!」

弥生は須賀に助けを求めた。

「瀬木さん、ここより事務所にいって話したほうがいいですよ。ぼくも一緒にいってあげますから」

須賀が弥生に耳打ちした。通りすぎていく買い物客の多くが弥生たちに好奇な視線を向けている。弥生は須賀の言葉に従った。

須賀に誘われて、弥生は喫茶店に入った。

スーパーの事務室に連れていかれてから一時間あまりたっていた。

弥生は憤懣やる方ない気持ちだった。してもいない万引きを、仕方なく、したと認めることになったからだ。そして、それでようやく解放されたのだった。

万引きなんてしていないと、弥生は事務室でも店長に言い張った。

そのスーパーは三階建てで、一階が食料品、二階が衣料品、そして三階が日用雑貨の売り場になっている。この日弥生が買い物をしたのは、一階の食料品売り場だけで、二階にはいってもいなかった。だから、バッグのなかに衣料品売り場で売られているショーツが入っていること自体おかしいし、ありえないことだった。

それに万引きの疑いをかけられたショーツは、タダでやるといわれてもいらない、品質のよくない安物だった。

だが二階にいっていないことを証明することはできないし、万引き犯が狙う商品は品質や値段には関係ないといわれては、反論のしようもなかった。

逆にバッグのなかに値札付きのショーツが入っていたという、万引きを証明するにはこれ以上ない証拠があった。

状況は弥生にとって絶望的だった。

といって犯してもいない罪を認めるわけにはいかない。潔白を主張しつづける弥生に、そのうち店長が切れた。警察に突き出すといいだしたのだ。

弥生はうろたえた。警察を恐れたわけではなく、警察沙汰になることで事が大きくなるのを惧(おそ)れたのだ。

「店長、警察っていいだしたときは相当アタマにきてましたね」

須賀がコーヒーを一口飲んでからいった。弥生はうなずき、

「でもアタマにくるのはわたしのほうですよ。もともと万引きなんてする気もないし、もちろんしてもいないのに、あの店長、わたしのこと、最初から最後まで完全に犯人扱いですもの」

憤慨していった。

「瀬木さんのお気持ち、よくわかりますよ。ただ、あの店長とか警察って連中にかかっちゃうと、瀬木さんの状況は非常にやばかった。だからぼくは、ここは事を穏便にすませたほうが得策だと思って口を挟んだんですけど、いけなかったですか」

須賀が弥生の胸中を懸念したように訊く。

弥生はかぶりを振っていった。

「先生のおっしゃるとおりだと思います。警察を呼ばれてたら、もっとひどいことになってたはずでしょう。先生のおかげで助かりました。ありがとうございます」

「あ、いや、お礼をいわれるようなことじゃないですよ」

須賀が苦笑いして顔の前で手を振った。

店長が警察を呼ぶといいだしたとき須賀は、自分が弥生の保証人になるから今回だけは謝罪と商品を買い取ることで許してほしいと店長に頼んだのだ。

謝罪と聞いて弥生は憤慨し、抗議の眼で須賀を睨んだ。須賀も弥生を見た。テーブルの下で須賀の手が弥生の太腿を軽く叩きながら、その眼は『抑えて、抑えて』といっていた。

店長は須賀の頼みを聞き入れた。仕方なく弥生は屈辱をこらえて店長に謝罪し、安物のショーツを買い取った。そして、事務所を出るとき、それをそばにあったごみ箱に投げ捨ててきたのだった。

「だけどわたし、ちょっと気になることがあるんです」

弥生はつぶやくようにいった。

「なんです？」

須賀がコーヒーを飲みかけたのをやめて訊く。

「店長、『わたしが万引きしているところを見たんですか』って聞いたら、『見たわけじゃない』っていってましたよね。たまたまわたしのそばを通りかかったらバッグのなかが見えて、値札のついたショーツが入っていたって。そういわれたときもなんか変だと思ったんですけど、そんなことってあるかしら。先生はどう思われます？」

「うーん、店長はそういってましたね。確かに変といえば変だけど、でもそんなことはもう考えないほうがいいんじゃないですか。愉しいことならいいけど、そうじゃないことをあれこれ考えてると精神的によくないですよ。それに瀬木さんの、その美貌にも」

「いやだわ、からかわないでください」

弥生は苦笑した。

「からかってなんていませんよ。瀬木さんて、美人だし色っぽいですよ。初めて会ったときからぼくはそう思ってました」

「そんな、先生ったら、もう冗談はやめてください」

真顔の須賀を、弥生はかるく睨んだ。内心戸惑っていた。

「マジですよ。で、これもマジに瀬木さんにお願いがあるんですけど、聞いてもらえますか？」

「お願い？　なんですか」

「一度ぼくとデートしてもらえませんか」

「え?!……でも、それはちょっと……」

弥生は困惑した。

「だめですか」

「だって、先生にもわたしにも、おたがいに立場があるじゃないですか」

「わかってます。でもいまみたいにコーヒーを飲むとか食事をするぐらいならいいんじゃないですか」

弥生は返答に困った。結果はどうであれ万引きの件で須賀に迷惑をかけたという思いがあって、それでもだめだとはいえなかった。

「いいんですね?」

須賀が念押しするように訊く。仕方なく、弥生はうなずいた。

2

須賀誠治(せいじ)はシャワーを浴びながら、二時間ほど前に喫茶店で会っていた瀬木弥生の、知的な雰囲気のなかに色っぽさも感じられる顔や、服の上からでも見て取れる熟れきった感じの、しかもプローションのいい軀を想い浮かべていた。

それだけで、二十八歳のペニスはいきり勃っていた。

（これで、彼女もいただきだ……）

そうつぶやいてニヤリと笑いながら、浴室を出た。手早く軀を拭き、腰にバスタオルを巻いて洗面所を出ると、そこに三井勢津子（みついせつこ）が気をきかせて缶ビールを手にして立っていた。

須賀は缶ビールを受け取り、勢津子の肩を抱いて洗面所から出た。

「あら、もう……」

勢津子が弾んだ声をあげて、突き出している須賀のバスタオルの前に手を伸ばしてきた。

須賀は苦笑いしていった。

「シャワーを浴びながら勢津子のことを考えてたら、こんなになっちゃったんだよ」

「ウソ！」

勢津子が須賀を睨み、ギュッとバスタオル越しにペニスをつかむ。

「あの女のこと、考えてたからでしょ。それもエッチなこと」

「なんだ、妬（や）いてるのか」

「知らないッ」

須賀が顔を覗き込んでからかいまじりに訊くと、勢津子はすねたようにいってぷいと顔をそむけた。

須賀は椅子に腰かけると、ふくれっ面の勢津子を前に立たせた。缶ビールを飲みながら、三十五歳の人妻の、ノースリーブのブラウスとタイトスカートが窮屈そうに見えるほどグラマーでスタイルもいい軀を舐めるように見て、膝に手を伸ばした。

勢津子が戸惑ったような表情をみせて須賀を睨む。須賀は笑い返して膝の間に手を入れ、ゆっくりと内腿を撫で上げていく。美形ではないが男好きのする勢津子の顔に、みるみる艶かしい色が浮きたってくる。

勢津子はいつものように須賀好みの下着をつけていた。それを確かめて須賀は手を引き揚げ、命じた。

「ストリップをやってみろ」

勢津子がまた須賀を睨んだ。さっきとはちがって、欲情がにじんだ色っぽい眼つきで。そしてうつむくと、ブラウスのボタンを外しはじめた。

須賀と勢津子の関係は、すでに一年ちかくつづいている。

小学校教師の須賀は、今年は二年生のクラス担任をしているが去年は三年生の担任をしていて、そのときのクラスに勢津子の息子がいた。といっても、そこから二人の関係がはじまったわけではない。勢津子がスーパーマーケットで万引きしてつかまっているところにたまたま須賀が通りかかり、店員にかけあってなんとか事を穏便にすませ、窮地を救ってやったのがきっかけだった。

勢津子がなぜ万引きなどしたのか、須賀は最初不審に思った。夫が開業医で、経済的なことだけではなく、すべてにおいて恵まれた生活を送っていると思っていたからだ。

ところが勢津子と話してわかった。夫に愛人がいて、夫婦関係は子供がいなければもう離婚していたというほど冷えきっている、というのだ。

そのストレスとフラストレーションが勢津子を万引きに走らせていたらしい。須賀が出くわしたときが初めてではなく、それまでデパートなどでも万引きを繰り返していて、たまたま発覚しなかっただけだったようだ。

そのとき須賀は、勢津子と話していた喫茶店を出ると彼女をホテルに誘った。子供のクラス担任に万引きしていたことを知られ、それで夫婦の秘密まで打ち明けたせいだろう。勢津子は黙ってホテルについてきた。

あとでわかったことだが、勢津子は一年あまりもセックスレスに耐えていたらしい。ホテルの部屋に入るなり勢津子の唇を奪った須賀は、キスしながら彼女の下着の中に手を差し入れて驚いた。早くもまるで失禁でもしたのかと思うほど濡れていたからだ。

驚いたのはそれだけではなかった。キスだけで立っていられなくなった勢津子は、須賀の前にひざまずくと、欲情しきった表情でせわしげにズボンのジッパーを下ろしペニスを取り出すやすぐにしゃぶりはじめたのだ。

それ以来ふたりは独身の須賀の部屋で頻繁に逢って、禁断の情事にふけるようになった。

教師でありながらそれまで風俗で性欲を処理していた須賀と、欲求不満を持て余していた勢津子のそれは、情事というよりも情痴といったほうがふさわしかった。須賀は持ち前の旺盛な性的興味を勢津子にぶつけて熟れきった女体でそれを満たし、勢津子は勢津子で須賀のどんな要求にも応じて若い男のエキスを貪るのだった。

勢津子が下着姿になったのに合わせて須賀はわずかに残ったビールを飲み干した。

その下着姿は、花柄のブラとハイレグショーツ、それにガーターベルトの三点セットに、肌色のストッキングというスタイルだ。

ブラカップからこぼれそうな、パイズリも容易にできる豊満な乳房の膨らみ。ガーターベルトとショーツの組み合わせが刺戟的な、いやらしいほどむっちりとした腰。グラマーでプロポーションもいいその軀は、熟女ならではのムンムンするような色気をたたえている。

「ブラを取れ」

須賀は命じた。

勢津子が黙って従う。ブラを外すと、両腕でバストを隠した。

ガーターベルトの上に穿いているショーツに、須賀は両手を伸ばした。ショーツの両側の上ゴムに指をかけて、ゆっくりと下ろしていく。

勢津子が戸惑ったような表情で腰をくねらせる。その悩ましくひろがった腰をショーツが通過するのに合わせて太腿が下腹部を隠した。

須賀がショーツを足元まで下ろすと、勢津子が自分から足を交互に上げ下げしてショーツから抜いた。須賀はまた命じた。

「両手を後ろで組んで、足を半歩開け」

ちらっと勢津子が須賀をなじるような眼つきで睨み、そして、顔をそむけて命令に従う。

豊満な乳房も、下腹部の薄めのヘアも、あからさまになった。

そむけた顔に羞じらいとときめきが交錯しているような表情を浮かべて、勢津子は呼吸を乱している。それに合わせて豊かな乳房が喘ぐ。

須賀は両手を伸ばして中指で乳首をとらえた。ヒクッと、勢津子の軀がふるえた。

須賀の左右の中指が、勃起している乳首をくすぐるように撫でる。悩ましい表情を浮かべた勢津子の顔がのけぞり、せつなげな喘ぎ声を洩らす。

そうやって須賀が一方的に弄ぶやり方は、須賀が求めたソフトなＳＭプレイのなかでやってきたものだ。最初のうち須賀は勢津子を縛ったりしていたが、いまではそうしなくても縛ったときと同じプレイを愉しむことができる。というのも勢津子にはマゾッ気があるからだった。

須賀の右手の中指は、乳房の谷間から軀の中心を下腹部に向けて真っ直ぐ、ゆっくり勢津子を悶えさせながら下りて、ヘアの陰に侵入する。ヌメッとした生々しい感触と同時にビクンと勢津子の軀が弾んだ。

早くもジトッと濡れている肉びらの間を、須賀は右手の中指でこすりながら、左手で乳首をつまんでこねる。

「アアッ、だめッ。アンッ、あいッ」

勢津子がいままでにない昂った声をあげて、相反する意味の言葉を口にする。それほど感じているということだ。須賀の指がたてるクチュクチュという濡れた音に合わせて、たまらなそうに腰を律動させている。

勢津子の声がよがり泣くようなそれになってきた。快感が脚にまできているらしく、太腿がブルブルふるえて、やっと立っている感じだ。

「ああもう、もうだめッ」

いうなり勢津子が崩折れるようにひざまずいた。欲情しきった顔つきで息を弾ませながら須賀のバスタオルの前を分けると、エレクトしているペニスを手にして顔を埋めてくる。

するに任せて須賀が見ていると、いつも濃厚なフェラチオをする勢津子だが、今日はいつも以上に濃厚に、そして情熱的に舐めまわしたりしゃぶったりしている。

須賀は思った。二時間ほど前のスーパーマーケットでのことが勢津子の気持ちを昂らせていて、こんなフェラチオにつながっているのかもしれない。

瀬木弥生のバッグのなかにあったスーパーの売り物のショーツは、勢津子が二階の衣料品売り場で万引きしてきて、一階の食料品売り場で買い物をしている弥生のバッグにこっそり入れたものだった。

そのあとで勢津子は、店員に弥生が万引きしたのを見たと報せ、自分は関わり合いになりたくないから証人にはなれないけれど、あのバッグならなかを覗いて見ることもできるから確かめてみるといいといったのだ。

それはすべて須賀が考えだした、瀬木弥生を陥れるための罠だった。

今年の春から二年生のクラス担任になった須賀は、初めて会ったときから瀬木弥生に魅せられた。それ以来、その前に勢津子との情痴ですっかり熟女の魅力の虜になっていたこともあって、なんとかして弥生をものにしたいと狙っていたのだった。

だがそういう機会はなかった。まして勢津子をものにしたときのようなチャンスがそうそうあるはずもない。

そうこうするうちに須賀はひどい手を使うことを思いついた。勢津子をものにしたときのようなチャンスを作ればいい、つまり、弥生を万引き犯にすればいいと考えたのだ。そして、その弱みにツケ込んでものにしようと。

そのためには勢津子の協力が不可欠だった。須賀は弥生を罠にかける計画を勢津子に話し、協力を求めた。だが勢津子は、そんなひどいことはできないといって拒否した。

協力を拒否した勢津子の気持ちのなかには、嫉妬もあったようだ。そこまでするほどその女のことが好きなのか、もうわたしには飽きたのか、というような意味のことをいって須賀に迫った。

それに対して須賀は調子のいいことをいった。あの女のことはただの遊びでしかない。本当に好きなのは勢津子だけで、飽きるどころか勢津子の魅力にハマッてしまっていると。

そして、飴のあとには鞭を振るった。それでも勢津子が協力してくれないというなら、残念だけど勢津子とはもう逢えないと。

その鞭は、ギャンブルではなかった。俺以上に勢津子のほうが俺とのセックスにハマッている、だからそういえば彼女は必ず協力すると須賀は確信していた。

事実、医師夫人はすでに年下の須賀のセックスの虜になり、性奴隷も同然になっていた。

果たして勢津子の答えは、しぶしぶという感じではあったが須賀が確信したとおりになった。

一心不乱にペニスを舐めまわしたり口に咥えてしごいたりしている勢津子を見下ろしているうちに須賀は、むっちりとしたヒップがもじもじ蠢いているのに気づいた。フェラチオしているとき勢津子がペニスを膣に入れてほしくてたまらなくなったときの反応だった。

ときおり洩らすせつなげな鼻声も、それを訴えている感じだ。

須賀も快感をこらえるのがつらくなってきていた。油断するとたちまち我慢できなくなりそうだった。

両手で勢津子の肩を押しやった。口から抜け出たペニスが生々しく弾み、それを見た勢津子がふるえをおびたような喘ぎ声を洩らした。

「もうコレを入れたくてたまんないんだろ？」

須賀が訊くと、勢津子は唾液にまみれていきり勃っているペニスを欲情しきった表情で凝視したまま、強くうなずき返す。

「どこに?」

「お××こ。ああッ、もう我慢できない。コレ、入れたい」

手にしているペニスを揺すりながら、たまりかねたようにいう。

「よし。じゃあ今日は勢津子が大活躍してくれたから、さっそく褒美をやるよ。ほら、またがって自分で入れろ」

須賀の言葉に勢津子は表情を輝かせ、立ち上がると椅子に座っている須賀の膝をまたぐ。片方の手で須賀の肩につかまり、一方の手をペニスに添えると、腰を落としていく。

勢津子は須賀の顔の前で欲情した表情の顔をそむけている。あらぬ方向を見ている眼は、股間に神経を集中しているような感じだ。

亀頭がぬめった粘膜に触れた。勢津子の手でヌルヌルしたクレバスにこすりつけられる。ヌルッと亀頭が膣口に滑り込んだ。勢津子が悩ましい表情を浮きたてて、ふるえをおびた喘ぎ声を洩らした。

勢津子は両手で須賀の肩をつかむ。さらにヌル~ッと、ペニスがぬかるんだ膣に侵入していく。

「アアーッ」

腰を落としきると同時に、それまで詰めていた息とわきあがった快感を一気に吐き出したような声を勢津子が放った。

「アアンいいッ。いい～ッ」

須賀にしがみつくと激しく腰を律動させて早くもよがり泣く。

熟れきった軀同様、そこも熟成した感じの甘美な味わいがある蜜壺でペニスをしごきたてられる快感に襲われながら須賀は、夢中になって腰を使っている勢津子に瀬木弥生をダブらせて見ていた。

3

部屋に入ってドアを閉めるなり須賀は瀬木弥生を抱き寄せ、唇を奪おうとした。が、弥生は激しくかぶりを振って拒んだ。

「キスしてくれないの？」

須賀が苦笑いして訊くと、表情を狼狽から憤りに変えて、両手で須賀を押しやろうとする。

「まァ仕方ないか、いまのところはいやいやなんだろうから。でもキスしてくれたら弥生さんもその気になったってことだから、それを愉しみにしよう。ね？」

そういって須賀が顔を覗き込むと、弥生は「いやッ」と強い口調と力で須賀を押しやって背中を向けた。

「絶対に、これっきりって約束は守って」

ふるえ声で念押しする。

「わかってるよ。もう何度もいったじゃないよ」

須賀は弥生の肩を抱いて部屋の奥に向かうよううながした。弥生が軀を硬くしたのがわかった。だが黙って従った。

例の万引きの一件があってから四日後の土曜日のこの日の昼下り、須賀は瀬木弥生と会った。

そのデートの約束——といっても弥生のほうはデートなどとは思っていなかっただろうが——を取りつける際、須賀が待ち合わせ場所をホテル内の喫茶店に指定すると弥生は警戒したらしく、最初は難色を示した。だが須賀に押し切られた恰好で応じた。結果、弥生にとっては警戒が的中した羽目になったのだった。

須賀は万引きをネタに弥生を脅して肉体関係を迫ったのだ。

弥生は一瞬、啞然としたようすを見せた。当然だった。してもいない万引きを理由に、子供の担任教師からそんな卑劣な脅迫を受けるなど思いもよらなかっただろうし、ただのショックではなかったはずだ。

瀬木弥生の夫は大手都市銀行の行員で、自分に関係するよくない話はもちろん噂でも、ほかの職種よりも大きなダメージを受けやすい。もしも須賀の口から弥生が万引きした噂がほかの母親たちにひろまったら、弥生だけでなく夫もただではすまない。それればかりか、噂は子供たちにもひろがり、瀬木夫婦の子供がイジメにあう可能性もある。

須賀がそんな話をして脅すと、さすがに弥生はうろたえながらも憤慨し須賀を罵った。それでも須賀が平然としていると、こんどはバカなことはやめてと懇願した。だがもとよりそのつもりの須賀は突っぱね、自分と寝るか寝ないかの選択を迫ったのだ。

「これっきりだと、約束して」

弥生はうつむいた顔に屈辱をにじませて、無理に声を押し出すような感じでいった。

須賀は胸をときめかせながら、約束すると答えた。

それから喫茶店を出て、すでに須賀がチェックインをすませていたホテルの部屋にくるまでの間、エレベーターのなかでも須賀は弥生に同じ約束をさせられていた。

これっきりというのが、たぶん彼女にとっては自分を納得させる唯一のことなのだろう。

そう思いながら弥生を部屋の中央まで連れていった須賀は、そこで立ち止まって彼女の後ろにまわった。

弥生は、いろいろな色が入ったサマーニットのワンピースを着ている。そのため、プロポーションのいいボディラインが手に取るようにわかる。三井勢津子のようにグラマーではないが、むちっとしてまろやかなヒップラインは、さすがに三十四歳の熟女のものだ。

それを見ただけで須賀は早くも勃起して、そのヒップにペニスを突きたてたい衝動にかられた。

「どうする？　俺が脱がしてあげようか、それとも自分で脱ぐ？」

訊いて両手を腰にまわすと、「いやッ」と怯えたような声をあげて弥生は前に逃れた。

「じゃあ俺も脱ぐから自分で脱いで」

そういって須賀はジャケットを脱いだ。

弥生はためらっていたようだが、後ろに立っている須賀がポロシャツやズボンを脱いでベッドの上に放り投げるのが眼に入って覚悟を決めたか、両手でおずおずとワンピースを持ち上げていく。

もともと女の服を脱がすのも女が自分で脱ぐのを見るのも好きな須賀だが、どっちにしても相手が初めて関係を持とうとする女のときがもっとも好きで、ゾクゾクするほど興奮させられる。

持ち上げられていくワンピースから徐々に弥生の下着姿が現れてくるのを見ているいまもそうだった。

弥生は肌色のパンストの下に上半分がレースになった白いショーツを穿いている。ウエストがきれいにくびれているために、むちっとしたヒップの量感とまろやかさが強調されて、須賀の欲情をかきたてた。

ワンピースを肩の位置までたくし上げると、弥生は交互に袖から腕を抜いた。

そして、被りのものの衣類と同じようにしてワンピースを脱いだ。それにつれて持ち上がったセミロングの髪が、ブラの白い肩紐がセクシーな肩にふわりと落ちた。

ついで弥生はそれまでとちがって手早くブラを外し、パンストを脱いだ。わけはその直後にわかった。早くベッドの上掛けの中に身を隠そうとしたのだ。その直前に須賀が後ろから抱き止めた。

「いやッ。だめッ」

須賀の腕の中で弥生がもがいた。が、ハッとしたようすを見せたあと、戸惑ったようにヒップをもじつかせる。ボクサーパンツだけになっている須賀の、その前を突き上げているペニスをヒップに感じたせいらしい。

須賀は両手に乳房をとらえた。勢津子のような巨乳ではないが、手触りだけで美乳とわかるバストを両手で揉みたてながら、弥生の首筋に唇を這わせた。

「アッ、だめッ。い、いやッ」

弥生がのけぞってかぶりを振る。コロンのいい匂いのする首筋を這い上がった須賀の唇が耳を嬲り、舌が耳の中に滑り込む。とたんに弥生が悲鳴をあげ軀を硬直させた。

「だめッ、だめ～ッ！」

よほど耳が感じやすいらしい。舌で耳の中をこねまわしてやると、いまにも達しそうな声をあげて身悶える。

須賀は片方の手で乳房を揉むと同時に指先で早くも硬くなってきている乳首をくすぐりながら、一方の手をショーツのなかに差し入れた。

手に触れたヘアは、かなり濃密な感じだ。さらに股間に手を侵入させようとすると、「いやッ」と弥生がうろたえたような声を洩らし、太腿を強く締めつけて拒んだ。

須賀は行為を中断してベッドの上掛けをめくり取った。逃げ場を失った弥生は須賀に背を向けて立ったままだ。

須賀は弥生を向き直らせてベッドに腰かけた。

弥生は両腕で乳房を隠して片方の太腿をよじり、羞恥と屈辱が入り混じったような表情の顔をそむけている。

弥生のつけているショーツの前側が初めて須賀の眼に入った。レースの下にふっくらと盛り上がっている逆三角形の布地が、エレクトしているペニスをいやでもうずかせる。

「両手を下ろして、弥生さんの軀、よく見せてよ」

弥生は強くかぶりを振った。声を出すのもいやだというようようすだ。

「だったら、両手を縛っちゃおうかな。俺、そういうのも好きなんだ。弥生さんとは初めてだからやめておこうと思ってたんだけど、弥生さんがいうとおりにしないからそうしちゃおうかな」

須賀が思わせぶりにいうと、弥生はひどくうろたえた。

「やめてッ」

「ならいうとおりにしなよ」

須賀の命令口調に、弥生の表情が強張った。

「こんなことしてないで、早く終わらせて」

顔をそむけて、屈辱を押し殺している感じの表情と声でいう。

「終わらせてって、早いとこやってしまってってこと?」

須賀が訊くと、弥生は黙っている。

「否定しないってことは、そういうことなんだ?」

「やめて」

弥生がいたたまれなそうにいう。

「でもそれじゃあつまんないよ。こんなに美味しそうな熟女が相手なのに、ただやるだけなんてもったいないもの。弥生さんだって、どうせなら愉しんだほうがいいじゃない？　あ、それとも早くお××こしたくてそういったのかな」

「いやッ、やめてッ」

弥生が顔を赤らめ、たまりかねたようにいう。

須賀は迫った。

「ほらどうすんの？　自分で両手を下ろすか、それとも縛られるか、どっちがいいか決めなよ」

弥生は顔をそむけた。恥辱を必死にこらえているような表情を浮かべて、しぶしぶという感じで両腕を胸から離して下ろしていく。

あからさまになった乳房は、須賀が想ったとおり、小学二年生の子供がいるとは思えないほどの美乳だった。

ほどよいボリュームの膨らみが、乳首をつまんで少し持ち上げられたように反っている。その乳首はみずみずしいとはいえないが、見るからに熟したという感じで、それはそれでそそるものがある。

「きれいなオッパイだ、美味しそう」

いうなり須賀は弥生を抱き寄せ乳房に顔を埋めた。顔で乳房を押し揉むと同時に舌で乳首を舐めまわす。

「いやッ、やめてッ」

弥生は須賀を押しやろうとした。が、それも最初だけで、須賀が乳首を吸いいたてたり舌でこねまわしたりすると、押しやろうとしていた両手で須賀の肩につかまって、せつなげな喘ぎ声を洩らす。

須賀は片方の手を弥生のヒップに這わせて、ショーツ越しにむちっとしたまるみを撫でまわした。口で乳首を嬲りつづけながら、ヒップの側から弥生の股間に手を差し入れる。前からそうしようとすると手や太腿で拒まれたりするが、後ろからだとそれはない。弥生はヒップをくねらせるだけで、股間への須賀の手の侵入を許した。

ふっくらとした、つきたての餅のような感触を、須賀は指に感じた。ゾクゾクするエロティックな感触だ。そこに潜んでいる割れ目を想い浮かべながら指を当て、こすった。

弥生が戸惑ったような声を洩らして腰を振る。

須賀は徐々に指を食い込ませながらこすっていた。それにつれて弥生がはっきり感じているとわかる反応を見せはじめた。艶かしい喘ぎ声を洩らしながら、さもたまらなそうにクイクイ腰を振るのだ。

（オッ、濡れてきてる！　いいぞ、その調子だ）

ショーツ越しにこすっている指に湿り気を感じて須賀はニンマリし、両手をヒップの側からショーツになかに差し入れた。

じかに触るヒップの感触に胸をときめかせながら、むちっとしたまるみを両手で撫でまわし、そのままショーツをずり下げていく。

「いやッ、だめッ……」

弥生はいやがりながらも弱々しく腰をくねらせるだけで、されるままになっている。

そればかりか、須賀がショーツを脱がそうとすると、自分から交互に足を上げてショーツから抜いた。

すぐに須賀も立ち上がってブリーフを脱ぎ捨て、全裸の弥生を抱きしめた。須賀の腕のなかで弥生の軀がヒクついた。

「ああッ！」

弥生がふるえをおびた昂った喘ぎ声を洩らす。裸で抱き合って、いきり勃ったペニスをじかに下腹部に感じているからだろう。須賀のほうも弥生の熟れた裸身を肌で感じて、そのペニスがヒクつくほど興奮と快感を煽られていた。

須賀はキスしようとした。が、弥生は顔を振って拒んだ。それでもその顔にははっきりと興奮の色が浮きたっている。

須賀は片方の手で弥生のヒップを引きつけると同時に強引に唇を奪った。弥生は呻いた。須賀が舌を入れようとすると唇を締めつけたが、下腹部にグイグイとペニスを押しつける須賀に興奮を煽られたか、せつなげな鼻声を洩らして唇を開く。

須賀は舌を侵入させて弥生の舌にからめていった。弥生の舌はすぐには反応してこなかったが、おずおず動きはじめたかと思うと、みるみる熱っぽくからんできた。

そればかりか、弥生はせつなげな鼻声を洩らして自分から下腹部をペニスに押しつけこすりつけようとしている。

「やっとその気になってくれたな」

気をよくした須賀が唇を離し、そういって笑いかけると、興奮に酔ったような表情をしていた弥生は、ふと我に返ってうろたえたようなようすを見せてうつむいた。

須賀は弥生をベッドに上げた。仰向けに寝かせると、弥生は両手で下腹部を隠して顔をそむけた。

「手をどけて」

足元にひざまずいた須賀がいうと、恥ずかしそうにかぶりを振る。

「どけないとこうやって縛っちゃうぞ」

いうなり須賀は弥生の両脚を乱暴に割り開いた。

「いやーッ、だめェ！」

弥生は悲鳴に似た声をあげて裸身をうねらせる。

「この大股開きの恰好に縛ってもいいのか」

「いやッ」

弥生は股間から両手を離して顔を覆った。

初めて見る弥生の秘苑を、須賀は興奮して覗き込んだ。

知的な顔立ちに似ず、というよりもそんな容貌とはアンバランスに、そこはいやらしい眺めを呈している。黒々として濃密なヘアと、見るからに熟したという感じと同時に貪欲な印象を受ける、くすんだ褐色の肉びらのせいだ。

そのアンバランスないやらしさに欲情をかきたてられて、須賀は両手で肉びらを分けた。

ぱっくりと肉びらが開いて薄いピンク色のクレバスが露出すると同時に弥生が腰をヒクつかせ、「いや」と喉にからんだような声を洩らした。

クレバスはもう蜜を塗りたくったように濡れている。

須賀はそこに口をつけた。ヒクッと腰が跳ね、「だめッ」と弥生がふるえ声を発した。

須賀は舌でクリトリスをとらえてこねた。

たちまち弥生の口から感泣が洩れはじめた。いつのまにか顔から両手を離してシーツをつかんだり口に当てたりしながら、繰り返し狂おしそうにのけぞっている。

須賀が攻めたてるようにクリトリスをこねたり弾いたりしていると、弥生が絶頂を訴えた。

「だめだめッ、イクッ、イッちゃう……アーッ、イクイクーッ！」

熟れた裸身が弾かれたように反って、よがり泣きと一緒に手放しに律動する。

須賀は弥生の手を引いて起き上がらせた。

「さ、こんどは弥生のほうがお返しのおしゃぶりをする番だ」

そういって求めると、弥生はいやがらなかった。興奮に酔いしれた表情で息を弾ませながら、須賀の股間に顔を埋めるとペニスを手にし、亀頭に唇を被せてきた。

弥生がいままでどんなセックスを経験してきたか、もちろん須賀は知らない。ただ、それほど上手とはいえないフェラチオのテクニックだけで推察すると、あまり充実したセックスは経験してこなかったのではないかと想えた。

だが、それで須賀は失望したわけではなかった。眼を見張るテクニックはなくても、興奮し欲情して懸命にフェラチオする人妻は須賀を煽情し、喜ばせた。これから仕込む愉しみもあるからだった。

フェラチオはほどほどにして、須賀は弥生を仰向けに寝かせた。弥生の両脚の間に腰を入れ、怒張を手にして亀頭で肉びらの間をまさぐる。

「ああッ、だめッ……」

弥生が悩ましい表情を浮かべて腰をうねらせる。須賀はヌルヌルしたクレバスを亀頭でこすりながら聞いた。

「だめって、入れてほしくないの？」

ちがう、というように弥生が強くかぶりを振る。もうそうせずにはいられないほど、欲情が高まっているようだ。

「じゃあいってごらん」

そういって須賀は弥生に卑猥な言い方を教え、そういうよう命じた。さすがに弥生はいやがった。

須賀は亀頭でクレバスをこするだけでなく、膣口に亀頭を出し入れして嬲ったりした。すると弥生は異常な興奮状態に陥って、

「ああ、須賀先生のお××ぽ、弥生のお××こに入れて」

と、うわごとのようにいう。

それを聞いて須賀は興奮をかきたてられ、押し入った。一気に奥まで突き入ると、それまでの焦らしが効いたのか、それだけで弥生はのけぞって達した。

エロティックな下着姿が鏡に写っている。真っ赤なブラとショーツとガーターベルトの三点セットにセパレーツの肌色のストッキング。三点セットの下着は刺繍入りのシースルーで、乳房も下腹部のヘアも透けて見えている。

そんな下着姿を寝室の鏡に写して見ているだけで弥生の軀は火照り、シャワー

を浴びたばかりなのにもう濡れてきていた。

日曜日の昼下がりだった。夫はゴルフにいって、一人娘は友達のところに遊びにいっていた。

これから須賀と彼の部屋で逢うことになっていた。須賀とはここ一カ月あまりの間、週に二、三回は逢っている。逢う場所も時間もいろいろだった。土日は大抵昼下がりに須賀の部屋かホテルで逢って、ゆっくり情事を愉しむ。ほかの曜日はおたがいに仕事や都合があるため、短い時間、須賀の部屋や車の中で逢ったりしていた。

当初、須賀が約束を破ってまた脅迫してきたとき、弥生は警察に訴えることも考えた。だが考えただけだった。そして、二度目に会ったそのとき、縛られてさんざん弄ばれているうちに失神するほど感じてしまった。

それからは須賀のいいなりだった。それも須賀とのセックスには、いままで弥生が経験してこなかった刺戟や快感があるからだった。

洋服を着ようとしてクロゼットに向かいかけたとき、弥生は立ち止まった。ふと見たテレビの画面に、なぜか須賀の写真が映っていたからだ。

だがその右上に躍っている書き文字を見て、慄然とすると同時に頭の中が真っ白になった。

『小学校教師、刺殺される！』

女のレポーターが、須賀の住んでいるマンションの前で事件の概要を伝えていた。

須賀を刺殺した容疑者は、三井勢津子という主婦……彼女が須賀さんの部屋から警察に電話をかけ、かけつけた警察がその場で彼女を逮捕……被害者と容疑者は同じ小学校の独身教師と児童の母親……原因は男女関係のもつれ……。

呆然として立ち尽くしている弥生の耳には、レポーターが伝える情報が断片的にしか聞えなかった。

〝しごろ〟の女

1

亀井がベッドに腰かけて缶ビールを飲んでいると、浴室から美和子が出てきた。バスタオルを躯に巻いている。超ミニから覗いているような、ほどよく肉がついた太腿が色っぽい。

先にシャワーを使った亀井のほうは、腰にバスタオルを巻いていた。

「わたしもいただいていい？」

亀井の前にきた美和子が、男好きのする顔に艶かしい笑みを浮かべて訊く。ああ、と亀井は応え、中身がまだ半分ほど残っている缶ビールを渡した。

美和子がおしいそうに飲む……。

その隙に亀井は手を伸ばして彼女のバスタオルを取った。美和子は噎せそうになってビールを飲むのをやめ、あわてて片方の手で下腹部を隠した。

亀井を睨む。が、顔は笑っている。亀井も笑いかけた。

「隠さないで見せろ」

「いや……」

甘ったるい声でいうと美和子は下腹部から手を離し、その手も缶に添えてビールを飲み干していく。

亀井は目の前の裸身を舐めるように視線を這わせた。

美和子は四十二歳。その裸身は歳のわりにプロポーションがいい。さすがに多少脂肪がついたり軀の線が微妙に崩れたりしているが、むしろそれが熟れきった女体を生々しく感じさせる。それに脂の乗った艶っぽい肌といい、反りぎみの優美で豊かな乳房といい、その張りや肉づきがいやらしいほど官能的な腰や太腿といい、すべてに熟女ならではの匂い立つような色気を醸しだしている。

その象徴のような黒々と繁茂したヘアに、亀井が視線を停めたとき、美和子が缶ビールをテーブルに置いた。そして、亀井の前にひざまずいた。欲情の高まりを訴えるような、同時に挑発しているような艶かしい眼つきで亀井を見上げると、腰のバスタオルを取ろうとする。

亀井は腰を浮かせた。美和子がバスタオルを取り払うと、腰を下ろして膝を開いた。美和子がにじり寄ってきた。

股間を見下ろして亀井は苦笑いした。自嘲の笑いだった。ペニスはまだ起きてはいない。眠ったままだ。美和子は黙ってそれを手にすると、ねっとりと舌をからめてきた。

美和子のするに任せてそれを見下ろしている亀井の脳裏に、彼女の裸を見ても初めてペニスが反応しなかったときのことが浮かんできた。

——二カ月ほど前だから、美和子との関係が生じて四カ月あまり経ったときのことだ。

「わたしに魅力がないから？　それとももう飽きちゃったから？」

美和子にそう訊かれて亀井は、そのときも自嘲の笑いを浮かべていった。

「そういうわけじゃない。もう俺も歳だし、いくら美和子に魅力があっても、いつもすぐに勃つなんてわけにはいかないんだ」

「だけど、いままでは元気だったわ」

美和子は腑に落ちない表情でいった。

その通りだった。それまで亀井は美和子の熟れきった裸を見ただけでエレクトしていたのだ。

　そのことは五十二歳の亀井自身驚きであり、大きな歓びでもあった。というのも五十の声を聞いてからというもの、勃起力が眼に見えて落ちてきていたからだ。それが美和子のおかげでウソのように回復したのだ。とはいえわずか四カ月あまりの期間限定にすぎなかったが。

「でも、じゃあ奥さんとはどうなの？」

　そのとき美和子が初めて妻のことを訊いてきた。

　妻の雅代（まさよ）は美和子よりも五つ年上の四十七歳。美和子と関係ができるまでの亀井は、妻とのセックスは月に二三回のペースでこなしていた。もっとも五十をすぎてからはときおり、なんとか挿入はするものの行為の途中で萎えてしまう、いわゆる〝中折れ〟の状態に陥るようになっていた。それに美和子と関係ができてからは、妻とのセックスは月に一回あるかないかという状態だった。

　そんな妻とのセックスの有り様を、亀井は美和子に話した。すると美和子は申し訳なさそうにいった。

「わたしがこんなことをいうのも変だけど、それだと奥さん、不満が溜まってるんじゃない？」

「さあ、どうかな。女房は誰かとちがって、アッチのほうはどっちかというと淡白なほうだから、そうでもないんじゃないかな」

亀井がそういってからかうと、「ひど～い」と美和子は高い声をあげてぶつ真似をして、その手をペニスに伸ばしてきた。亀井に艶かしい視線をからめてきて、ペニスを握って振りながら、

「ええ、どうせわたしは〝しごろ〟ですよ。でも奥さんだって同じでしょ。ううん、亀井さんが勝手に淡白だと思ってるだけで、知らぬは亭主ばかりなり、てことだってあるかもよ」

と開き直って、反対に亀井をからかった。

〝しごろ〟というのは、美和子が亀井の前で身も心もさらけ出すことができるようになって、セックスに対しても亀井を圧倒するほど貪欲になってきたとき、亀井がいった言葉だった。

「女は〝三十させごろ、四十しごろ〟っていうけど、美和子はまさに〝しごろ〟だな」

濃厚なセックスのあとのベッドのなかで亀井がそういうと、美和子はその言葉の意味がわからず、なにそれ？　と訊いてきた。

『三十させごろ、四十しごろ』

これは昔からいわれてきた、女とセックスにまつわる言葉だ。女の三十代は女盛りで、男の欲情をかきたてずにはおかない。つまり、男にセックスをさせたがる年頃。それが四十代になるとさらに熟れきった軀になり、しかも女もセックスのよさを知り尽くしているから、積極的にセックスをしたがるようになる。要するに〝しごろ〟というわけだ。

亀井がそういって教えてやると、「それ当たってるかも」と美和子は何度も達した余韻が残る上気した顔に自嘲するような笑みを浮かべていった。

「ただ、わたしの場合、四十一歳で夫を亡くしたから、よけいにこうなっちゃったところもあるんじゃないかと思うけど……」

どういうことか亀井が訊くと、

「夫が亡くなる一年くらい前からと、亡くなってから亀井さんとこんなことになるまでの一年ちょっとの間、併せて二年くらい、わたしセックスレスだったの。だから不満が溜まっちゃって、そのせいだと思うんだけど、それまで考えてもみなかったヘンなこととか想像してしまって、そうしてるうちにどんどんいやらしくなってきたみたい……」

当然、想像の中身が気になって亀井は訊いた。

美和子の告白は亀井を驚かせた。想像の中身が、通勤電車のなかで痴漢されたり、見ず知らずの男にレイプされたり、はたまた複数の男たちとセックスしたりなど、彼女のいうとおり異常なことばかりだったからだ。もっとも、

「もちろん、そんなこと実際にされるのはいやだけど……」

という断わりつきで、あくまで想像の世界だけ、ということだったが。

それで「どんどんいやらしくなった」と美和子はいったが、亀井と関係ができた当初はそういうところはなかった。その一年ほど前に夫を癌で亡くして、熟れきった軀で欲求不満を託っていたせいだろう。セックスの感度や反応はすこぶるよかったが、彼女から積極的になにかをしたり亀井を求めたりするようなことはなかった。

それは、ふたりが勤めているデパートでの上司と部下という関係のせいもあったかもしれない。亀井は生活用品売場を担当している課長で、美和子は売場主任である。

ふたりが男女の仲になったのは、亀井が高校一年生の一人娘を抱えて未亡人になった美和子のいろいろな相談に乗っていたのがきっかけだった。

当初、美和子は亀井が上司だという意識が抜けなかったようだ。ふたりきりのときでも職場で接するのと変わらなかったし、ベッドのなかでさえ上司に対しているようなところがあった。

もっともそれも初めのうちだけだった。肌を合わせるにつれて美和子は亀井に対して恋人と接しているかのようになった。

それよりも変わったのはセックスだった。セックスのたびに美和子はどんどん積極的になり、奔放になり、そして亀井を圧倒するほど貪欲になってきた。それはまさに〝四十しごろ〟の女そのものだった。

2

いくら勃ちが悪くなったペニスとはいっても、女の口にくわえられて吸いたてられたり、舌でくすぐりたてられたりしたら、充血して強張ってきて、さらにそれをしゃぶられたり、くわえてしごかれたりすれば、勃起してくる。しかもそのしゃぶり方がなんともいやらしいとくれば、なおさらだ。

その勃起したペニスを咥えてゆるやかに顔を振っている美和子を見下ろして、

亀井はぞくぞくする快感に襲われていた。

美和子は頰を凹ませたり唇を窄ませたりしている。口腔でペニスをしごくと同時に吸いたてたり、唇の裏で雁首をくすぐったりしているためだ。

眼をつむっている美和子の顔は上気して、いくらか強張っているようだ。ペニスをしゃぶっているうちに興奮し欲情してきたからで、その証拠に、むっちりとしたヒップを、さっきからさももどかしそうにもじつかせている。これはいまだけのことではなく、美和子の軀の癖のようなものだった。

「たまらなくなったんだろ。尻がもじもじ動いてるぞ」

亀井がいうと、美和子は鼻声を洩らして口からペニスを出した。

「ああ……ほしいの……いいでしょ」

ペニスを凝視して喘ぎ、妖艶な眼で亀井を見上げて訴える。

「もう入れたいのか」

亀井が訊くと、うなずき、

「ちょっとだけでいいの」

と、羞じらうような笑みを浮かべて身をくねらせる。

「ちょっとだけ、か。いいな」

その言い方がおもしろくて亀井も笑いながら美和子を立たせた。そして、膝にまたがるよううながした。

「ちょっとだけ」という言い方はおもしろいだけでなく、いかにも〝しごろ〟の女らしいと亀井は思った。

美和子とは大抵週に一回ホテルにきているが、先週は亀井の都合が悪く、この日は約二週間ぶりだった。どうやら、そのために美和子の欲求はいつも以上に高まっていて、我慢しきれなくなってそんな言い方になったらしい。

亀井の膝にまたがった美和子は、股間を覗き込んでペニスを手にすると、立てたペニスに狙いを定めるようにして腰を落とした。びちょっとした粘膜に亀頭が触れた。待ちきれずにちょっとだけでも入れたくなったぐらいだから当然といえば当然だが、もう派手に濡れている。

亀頭が濡れたクレバスにこすりつけられて、ツルッと膣口に滑り込んだ。美和子がふるえをおびた喘ぎ声を発して、両手で亀井の肩につかまった。悩ましい表情のなかに、全神経を亀頭が収まっている膣に集中しているような感じがある。そのまま、美和子が腰を落とす。ヌルーッと、ペニスが温かい蜜にまみれた膣壁を押し分けて突き入っていく。

完全に腰を落とすと美和子が亀井に抱きついてきた——というよりしがみついてきた。つぎの瞬間、ジワーッと膣がペニスを締めつけてきた。

「アーッ……」

美和子が感じ入ったような声をあげて軀をわななかせる。

「イッたのか」

亀井がしがみついたままの美和子の耳元で訊くと、ゆっくりと軀を離した。そして、さっきまでの強張った表情とは打って変わって穏やかな艶かしい表情で小さくうなずく。

「まるで憑きものが落ちたみたいな顔をしてるぞ。ちょっと逢えなかっただけで、そんなにやりたくてたまらなくなってたのか」

「うん……だって、わたしがこんなになったの、亀井さんのせいよ」

わざと露骨な言い方で訊いた亀井を、色っぽく睨んでいう。

美和子は前にも似たようなことをいったことがある。「わたしをセックス中毒にしたの、亀井さんよ。ちゃんと責任取ってね」と。

女からそういう言い方をされて亀井は気をよくし、調子に乗って、「ああ、美和子の大好きなペニス注射をしっかり打ってやるよ」などと応酬したものだが、そのときは〝しごろ〟の女の正体がまだよくわかっていなかったからで、それがわかったいまは冗談にもそんな調子のいいことはいえない。

「責任取ってよ、か」

亀井は苦笑いしてつぶやいた。

「そうよ」

美和子が挑発するような眼つきで亀井を見て腰をもじつかせる。

「責任を取ってやりたいのはやまやまだけど、なにしろ相手が〝しごろ〟の女だからなァ。俺一人じゃとてもかなわない……」

そういって亀井は美和子の腰をわずかに押しやった。美和子が亀井の肩につかまったまま股間を見やった。

「ああん、いやらしい……」

嬌声をあげる。その顔つきも色めいている。

ふたりの股間の淫猥な状態——褐色の肉びらの間にずっぽりとペニスが突き入っている——が、あからさまになっているのだ。肉びらも、半分ほど覗いているペニスも、蜜にまみれて鈍く光っているのでよけいに生々しく、いやらしい。

亀井は手で美和子のむっちりとした尻のまるみを撫で、さらにその手を尻の割れ目に這わせてペニスの蜜を指先につけると、アヌスをとらえた。キュッとアヌスが窄まって、同時に膣口がクッとペニスを締めつけてきた。

「あン、そこ、だめ……」

美和子がヒップをもじつかせる。口ではそういいながら、その悩ましい表情にも腰つきにも、本気でいやがっているようすはない。亀井とのセックスですでにアヌスの快感も知っているのだ。

ただ、ふたりともアヌスは初めての経験だった。最初は亀井が〝しごろ〟の女の本領を発揮するようになった美和子に対抗しようとしてアヌスに手を出したのだが、セックスに貪欲になっている美和子はそれをすんなりと受け入れた。それどころかたちまちアヌスの快感にもめざめたのだった。

亀井は指でアヌスを揉みながら、美和子の顔を覗き込んで訊いた。

「松尾くんを誘ってみるか……ん？」

「また、そのこと？」

亀井につかまって腰をくねらせている美和子が、膣とアナルの快感が一緒になってだろう、狂おしそうな表情で訊き返す。

「美和子だって、３Ｐに興味があるっていってたじゃないか」

「そうだけど……でも、やっぱり……」

美和子は口ごもった。興味はあるけれど、いざとなると抵抗がある、という思いは変わらないらしい。

ふたりの間で3Pの話が出たのは、一カ月ほど前のことだった。

後背位で行為しながら亀井がアヌスに指を挿して嬲っていると、美和子が狂ったようになってよがりはじめ、そのとき亀井が「もう一本ペニスがほしいって感じだな」といったのがきっかけだった。

それに、夫を亡くして欲求不満を囲っていたとき、複数の男に犯されることも想像していたといっていた美和子の話も、亀井の中では伏線になっていた。

そして、行為のあとのベッドのなかでそんな話をしているうちに、

「だけど実際に複数の男の人とするなんて、どんな感じなのかしら」

と美和子が満更でもなさそうにいったことで亀井も煽られて、話はにわかに現実的な3Pの話になっていったのだった。

それもふたりの部下である若い独身社員の松尾を誘ったらどうかという具体的な話にまで——。

もっとも美和子の本音は、がぜん3Pへの興味がわいてきた亀井とちがって、

のようだった。

興味はそそられるものの、いざとなるとそこまでの決断がつかない、ということ

それから何度か亀井がその話を持ちかけても、美和子はいまと同じようにそう

いうニュアンスのことしかいわなかった。

「思いきって、3Pやってみないか」

亀井はアヌスを嬲るのをやめていった。

「美和子はきっとやみつきになるよ」

「そうかも……でも、だから怖いってのもあるの」

自嘲するような笑みを浮かべていう。

「なにも怖がることはないさ。それより松尾くんと3Pをやったら、俺と逢えな

くても独身の彼とならいつでも逢って愉しむことができるようになる。一石二鳥

じゃないか。それに若い彼のモノは俺なんかとちがって、ビンビンだぞ」

亀井は笑って小さく腰を使った。とたんに美和子が悩ましい表情を浮かべて喘

いだ。亀井は美和子の右手を取って股間に導いた。

「俺と逢えない間、美和子のことだから、どうせ自分で慰めたんだろ？　この指

で」

美和子は否定せず、だって仕方ないでしょ、というように恨めしそうな視線を亀井にからめてきた。

「このまま、してみろ」

亀井は命じた。

やだ、と美和子は高校一年生の娘の母親とは思えないような可愛らしい声を洩らした。顔には羞じらいとも ときめきともつかない色が浮かんでいる。

相手が欲求不満を抱えていた未亡人ということで、亀井はオナニーを見たがって、いままでに何度か美和子にして見せてくれるよう求め、美和子もそれに応じていた。

それも初めてのときこそひどく恥ずかしがったが、あとは美和子自身、恥ずかしい行為を見られるのも見せるのも刺戟的で興奮するといって、本気でしてみせてくれていた。

そんな美和子だから、拒絶はしない。げんにいまも、ペニスが収まっている膣口のまわりを指先でまさぐって、蜜を塗りつけている。その指の動きがなんともいやらしく、ペニスをひくつかせる。

ペニスの動きを感じてか、美和子が眉根を寄せて手を止めた。ついで黒々とした濃いヘアを掌で掻き上げ、中指の先を肉びらの上端に這わせる。

その指先がゆっくりと円を描く。それにつれて膨れあがっているクリトリスが見え隠れするのが亀井にも見えた。

「あン……あぁッ……あはン……」

美和子がゆっくりと小さく腰を振りながら、せつなげな声を洩らす。ペニスをくすぐる膣壁がぴくぴく痙攣している。

「オナニーしてるとき、どんないやらしいことを想像してたんだ? ひょっとして、松尾くんと3Pしてるとこじゃないのか」

「そんな!……」

美和子の反応に亀井のほうが驚いた。ひどくうろたえている——ということは図星だったのか?!

「ああン、だめッ……ああッ、いいッ……我慢できなくなっちゃう……」

ふるえをおびた泣き声でそういいながらも美和子は指先でクリトリスをくるくるこねまわし、腰をくいくい前後に振っている。

ペニスを半分ほど挿入した状態のままそういう腰遣いをされると、ちょうど膣口でペニスのカリの部分が弾かれるような強い刺戟がある。それが美和子もたまらないらしい。

「ああッ、ほんとにもう我慢できない……イッちゃいそう……ねッ、イッてもいい?」

調子を合わせるようにクリトリスをこねまわして腰を振りながら、切迫した表情と口調で訴える。

ああ、いいよと亀井が応えると、美和子はしがみついてきた。ペニスが蜜壺深く突き入った。「イクッ!」と美和子が呻くような声を発し、よがり泣きながら腰を振りたてる……。

3

会議を終えて売場にもどってきた亀井は、事務室に入ろうとしてふと足を止め、事務室の入口と売場を仕切っているボードの陰から美和子の姿を探した。

美和子は食器売場で女性店員になにやら指示していた。

黒々として艶のあるセミロングの髪を髪止めで後ろにまとめたヘアスタイル……男好きはするが仕事に対する自信と責任感のようなものが出ていて引き締

まった顔立ち……ブラウスにベストとタイトスカートという制服をきれいに着こなしているプロポーションのよさ……。

全身に熟女の色香は漂っているものの、そのすっきりとしてぴりっとしたようすからは誰も彼女がセックスのときに見せるもう一つの顔を想像することはできないだろう。すべてを知っている俺以外は……。

美和子を見ながらそう思って北叟笑(ほくそえ)んだ亀井は、彼女の黒々として艶のある髪からそれと似た下腹部の濃密なヘアを想い浮かべたのをきっかけに、昨夜思いがけない展開になった情事を思い出していた。

……ちょっと入れるだけ、といっていたのに我慢しきれなくなって美和子がイッたあと、亀井は彼女をベッドに仰向けに寝かせてさらにクンニリングスで攻めたてた。

美和子はたちまち昇り詰めた。そこで、こんどは亀井が仰向けに寝て、美和子を上にしてシックスナインの体位を取らせた。

まだオルガスムスの余韻が生々しい美和子は、ヒップを突き上げて上体を亀井の軀に密着させた恰好で下腹部に顔を埋め、いちど自分の蜜壷に浸かっていることも厭わずペニスを舐めまわしはじめた。

亀井の真上にあからさまになっている秘苑は、褐色の肉びらがわずかに口を開けて覗いているピンク色のクレバスはもちろん、肉びらやその周りの口髭のようにヘアが生えている部分まで濡れていた。

その生々しく淫らな眺めが、美和子にしゃぶられているペニスをよけいにうずかせる。亀井は両手の中指の先にクレバスの蜜をからめると、片方の指先で膣口を、そして一方の指先でさきほどの愛撫でふっくらと膨らんでいるアヌスを、それぞれこねた。

「うう〜ん……ああっ……うふ〜ん……ああんっ……」

美和子がペニスを咥えてしごきながら艶かしい鼻声を洩らしたり、口から出したペニスを舐めまわしながら感じ入ったような声を洩らす。そのうち亀井の股間に顔を突っ込んで陰のうを舐めまわし、亀井が膝を曲げて股を開くとアヌスを夢中になって舌でこねる。

亀井の指が嬲っている膣口とアヌスに、美和子を夢中にさせる反応が現れていた。性感の高まりにつれて盛り上がった膣口が、揉みほぐれて狂おしそうな収縮を繰り返しているアヌスと連動して、エロティックな生き物のように収縮しているのだ。

「アアッ、いいッ……いいわァ……アアッ、もうしたいッ……ねッ、してッ……」

美和子が手でペニスをしごき、指で亀井のアナルをこねながら、息も絶え絶えに妖しい声で訴える。

なにを？　と亀井が訊くと、美和子は即座に「お××こ」と答えた。「お××こしてッ」と。

亀井は正常位で美和子のなかに押し入った。だがすぐに仰向けに寝て、騎乗位に持っていった。亀井にとっても久ぶりだから、ペニスは十分な硬度を保っていて、中折れの心配はなかった。

両手で乳房を揉む亀井の腕につかまった美和子が、クイクイ腰を振ってよがり泣く。

亀頭と子宮口の突起が痛いほどこすれ合っている。亀井は腰をせり上げながらいった。

「ここに松尾くんがいたら、すごいことになるだろうな。俺か彼のどっちかがズコズコやりながら、美和子にペニスをしゃぶらせたり、彼は若くて元気だから、俺が美和子とやってるとき、同時にアヌスにも入れてくるかもしれないぞ。どうだ、想像しただけでもすごいと思うだろう」

「しらない……」

美和子が腰を振りながら、すねたような口調でいった。

いままでにない反応に、おやっ、と思って亀井は訊いた。

「しらないって、してもいいのか」

美和子はうなずくと腰をしゃくりあげるようにして激しく振りはじめ、そのまま、亀井が射精を迎えるまでに何度も昇りつめた。

行為のあとで亀井は美和子に、本当に3Pをしてもいいのか、もう一度確認した。すると美和子は、

「亀井さん、したいんでしょ?」

と、逆に訊いてきた。

女らしいずるい言い方だ、と苦笑しながら亀井は訊き返した。

「俺がしたいといったら、美和子もしてもいいってことか」

美和子は笑みを浮かべてうなずいた。いままでに見たことのない感じの妖しい笑みだった。

あのときの妖しい笑みも、いま売場に立っている美和子からはとても想像できない……。

美和子を見ながらそう思ったとき、亀井は思わず眼を見張った。３Ｐの相手候補の松尾が、美和子と女性店員のそばにやってきたのだ。松尾が美和子になにか話しかけると、女性店員は離れていった。

ふたりだけになった松尾と美和子はなにごとか話している。３Ｐのことがあるからか、美和子のようすはどことなく落ち着きがなく見える。童顔の松尾のほうは、反対に美和子と一緒にいるのがうれしそうだ。二十五歳の松尾は、大方親子ほど年上の美和子に憧れているのだ。

それがわかったのは、亀井がまだ美和子と深い関係になる前の、飲み会のあとでたまたま松尾と二人で飲んだときのことだった。

女の話になって、亀井がどういうタイプの女が好きか訊くと、

「ぼく、熟女が好きなんです。タイプでいえば……あ、でも課長、これ誰にも内緒にしててくださいよ……じつはぼく、津村主任みたいな人がタイプなんです」

松尾はそういったのだ。津村は美和子の姓だった。

このときのことを、亀井は美和子に話していた。

そういうことがあったから、それに美和子も仕事上で若い松尾の面倒をよく見ていたこともあって、亀井は美和子と3Pの話になったとき、松尾の名前を出したのだった。

それだけでなく、半月ほど前に亀井は松尾を飲みに誘い、3Pについて訊いていた。その前に女関係について確かめると、以前聞いていた、カノジョがいなくてたまにフーゾクにいっている情けない状態のままだということだった。

「松尾くんは熟女が好きだっていってたけど、もし俺ときみで熟女と3Pができるってことになったら、どうする?」

亀井がそういうと松尾は一瞬、ぽかんとなった。そして、驚いた表情で訊き返してきた。

「どうするって……どうしてそんなこと訊くんですか?」

「ま、いまはかりの話だけど、そういうことになるかもしれないんでね、そのときのためにきみに訊いておこうと思ったんだよ」

「え〜、マジですか?」

「マジだ。熟女が相手でも俺との3Pはいやか?」

「あ、いえ、そういうことでは……突然すごい話なんで、びっくりして戸惑っちゃって……あ、でも課長、もしかしてその熟女って、まさか課長の奥さんとかですか」

松尾の口から思いがけない言葉が出てきた。これには亀井のほうが戸惑わされた。

「女房か……きみもなかなかいうねェ」

「あ、すみません。調子に乗りすぎちゃいました」

松尾は恐縮した。

「で、どうなんだ？　もしチャンスがあったら、俺と組んで熟女と3Pやる気はあるか」

「やります。そのときはぼくを混ぜてください」

松尾は気負い込んでいった。

その松尾と美和子が離れたのを見て、亀井も事務室に入った。

4

デパートが休みの日の昼下がり——美和子が3Pに応じるといったあの夜から三日後のことだった。

亀井は松尾をホテルのロビーで出迎えた。

「課長、もう女の人はきてるんですか?」

会うなり松尾が訊いてきた。早くも相当入れ込んでいるようすだ。

「まあ落ち着け。いまから興奮してると、肝腎なときに勃つものも勃たなくなるぞ」

亀井は笑って宥めると、松尾を伴ってエレベーターホールに向かった。

今日のことは昨日のうちにデパートで松尾に伝えていた。話を聞いた松尾は顔を輝かせて、当然のことながら相手の熟女のことを訊いてきた。それは明日まで愉しみに取っておけよ——亀井は秘密めかした笑みを浮かべてそういったのだった。

上昇するエレベーターのなかで、松尾は押し黙っていた。緊張と興奮のせいらしい。その感じが顔に出ている。

亀井も黙っていた。亀井のほうは、熟女が美和子だとわかったら松尾はどんな顔をするだろうと思って、その瞬間を愉しみにしていた。

それだけではない。美和子と松尾のセックスのシーンを想って亀井も興奮し、いつになく早くもペニスが充血してきていた。

亀井につづいて松尾も部屋に入った。ツインのベッドの向こうの椅子に、美和子は二人に背中を向けて座っていた。美和子の前の窓にはカーテンがかかっていて、室内の明るさは照明で保たれていた。

「ゲストの松尾くんがきたよ」

亀井がそう声をかけると、美和子がゆっくり椅子ごと二人のほうを向いた。

「つ、津村さん――！」

松尾が奇声を発した。眼の玉がこぼれ落ちそうだ。

「驚いたでしょ?」

バスローブ姿の美和子が恥ずかしそうに笑って、驚愕している松尾に声をかけた。

「エーッ、信じられないっスよ……これって、マジですか?!」

裏返ったような声でいいながら、松尾が美和子と亀井を交互に見る。

「ほっぺたをツネってみるか」

亀井は松尾に笑いかけていった。

「でもまあ、松尾くんが驚くのは無理ないな。なにしろ美和子は憧れの熟女なんだから。さっそく憧れの熟女のヌードを拝みたいだろ？」

松尾が声もなく、固唾を呑むような感じでうなずく。亀井は美和子に目配せした。

美和子が椅子から立ち上がった。羞じらいを見せてうなだれ、紐を解いてバスローブを脱ぎ落とした。その瞬間、オッ——と松尾が喉を突いて出たような声を発した。

美和子は、真っ赤なシースルーの布に同色の刺繍が入ったブラとショーツだけの恰好だった。

燃えるような色の赤い下着が、濃厚な色香をむんむん漂わせている熟れきった裸身に、悩殺的な華やぎを与えている。

「どうだ？憧れの熟女のヌードは」

「すごい色っぽくて、たまらないっス。想像してた以上ですよ」

松尾が興奮しきってうわずった声でいう。

「ははん、想像してたってことは松尾くん、津村主任の裸やいやらしいことを想像してマスかいてたな」

「そんなァ、課長やめてくださいよ」

笑っていった亀井に、松尾がうろたえて懇願する。

「こういう状況で恰好つけてもしょうがないだろう。本当のことをいったほうが盛り上がるんだよ。正直にいってみろ」

「はい。津村主任の裸とか想像してマスかいてました」

松尾は開き直って早口でいった。

「じゃあその津村主任とやれて、夢が叶うわけだ」

「はい。でもまだ夢みたいです」

「いやだわ、二人とも。こんなところで津村主任なんてやめて」

美和子が苦笑いして口を挟んだ。

「じゃあぼくはなんて呼べばいいですか?」

「それくらい、考えなさい」

「あ、はい、主任——じゃなかった、美和子さん」

亀井と美和子が顔を見合わせて笑ったのにつづいて松尾にも笑いがこぼれ、一気にその場の雰囲気が砕けたものになった。

亀井は松尾に服を脱ぐようながした。二人は手早く脱いでいき、亀井がトランクス、松尾がボクサーパンツだけになると、若い松尾のパンツの前だけは早くも露骨に盛り上がっていた。

「みんな脱いで」

美和子がいった。

「おいおい、恥をかかせるなよ」

亀井は苦笑していうと、トランクスを脱ぎながら松尾を見た。松尾がパンツを下ろすと、ブルンと大きく弾んでいきり勃ったペニスが跳び出た。対照的に亀井の分身はまだ眠っていた。

美和子は松尾のペニスに眼を奪われている。その顔に早くも欲情の色が浮きたっていた。

「コンプレックスを感じちゃうなァ」

亀井はまた苦笑いしていった。

「松尾くん、美和子はきみの持ちモノに一目惚れしたようだぞ。そうだろ美和子?」

「だって、勃ちがすごいんですもの」

美和子は興奮した表情に笑みを浮かべて正直に認めた。

「ありがとうございます」

松尾がおかしな礼をいう。

亀井はそんな二人をうながしてベッドに上がった。

美和子を脚を投げ出させて座らせると、亀井が後ろから抱いてブラを外しながら、松尾にショーツを脱がすよう指示した。

松尾がショーツを脱がすと、亀井が美和子の両脚の膝裏を両手で抱え上げて開いた。

「いやァ、だめーッ!」

美和子が嬌声をあげた。ただ、うろたえたようすでかぶりを振る。無理もない。

幼女が抱えられてオシッコするときの恰好なのだ。初めて見られる松尾の前に、これ見よがしに股間を突き出した状態で、秘苑はもちろんのこと肉びらがぱっくりと口を開けて、ピンク色のクレバスまで露呈している。しかもそこはすでにジトッと濡れ光っている。

「松尾くんどうだ、美和子のお××こはいやらしいだろ？　でもこのいやらしさが男にはたまらんだろ？」

「たまらないっス。美和子さん、もうすごい濡れてますよ」

興奮しきった顔つきで秘苑を覗き込んでいる松尾が、うわずった声でいう。

「いやっ……だめっ……見ないでっ……」

美和子がなおも顔を振り振り、腰をもじつかせてふるえ声でいう。が、どう見てもいやがっている感じではない。それどころか、恥ずかしさと一緒に興奮をかきたてられているようすだ。

「さ、松尾くん、クンニで攻めたててやれ」

亀井がけしかけると、松尾が待ってましたとばかりに美和子の股間にしゃぶりついた。

生々しい舌音が響き、美和子が泣くような喘ぎ声を洩らす。

もう亀井が脚を抱えている必要はなかった。両手で乳房を揉みたてた。すると美和子が手を後ろにまわして、半勃ちのペニスをまさぐってきた。

二人の男に乳房とクリトリスを同時に攻め嬲られて美和子はあっけなく昇り詰め、よがり泣きながらオルガスムスのふるえを湧きたてた。

「ほら松尾くん、美和子はクンニでイクとペニスをしゃぶりたくなるんだよ。ま、本当のところはしゃぶるよりは入れられるほうがいいらしいんだけど、ここはまずきみの元気なペニスをしゃぶらせてやれ」

松尾が立ち上がって美和子の横にいった。いきり勃ったペニスは水平よりもはるかに持ち上がっている。

「アアッ、すごい……」

欲情した表情の美和子が昂った声でいってペニスを両手で捧げ持ち、ねっとりと亀頭に舌をからめていく。ついでペニス全体を舐めまわす。いかにも貪欲なそのようすがいやらしく、それを見ている亀井を嫉妬させ興奮させる。

ペニスを咥えた美和子はせつなげな鼻声を洩らして顔を振りながら、片方の手で松尾の陰のうを撫でまわしている。それを見下ろしている松尾は興奮のあまりか、泣きそうな顔をしている。

「ああ、美和子さん……俺、もう我慢できなくなっちゃいそうです」

松尾が情けない声でいった。美和子がペニスから口を離した。

「わたしもよ、もう我慢できない。松尾くんのコレ、ほしくてたまんない。ね、亀井さん、いいでしょ?」

「二人とも我慢が利かないなァ。ま、いいだろう」

ぞくっとするほど凄艶な表情で訊かれて亀井はそう応えると、二人に女性上位の体位で行為するよう指示した。

松尾が仰向けに寝て美和子がその腰をまたぎ、ペニスを手にすると慣れた手つきで膣口に収めた。そして、侵入するペニスの感触を味わうようにゆっくりと腰を落とし、落としきると眉根を寄せてのけぞり、感じ入った声を洩らした。

「アアッ、いいッ……いいわッ……」

くいくい腰を振りながら快感を訴える。

美和子に誘導された両手で乳房を揉んでいる松尾は、必死に快感をこらえているらしく、怯えたような表情をしている。

亀井は美和子の横に立って顔の前にペニスを差し出した。待っていたように美和子がペニスを手にして舐めまわす。それを松尾が見上げている。美和子が軀を弾ませるようにして律動しながら口に咥えたペニスをしごき、泣くような鼻声を洩らす。

「松尾くん、美和子とやるときは気をつけろ。なんせ、〝しごろ〟の熟女だからな。こっちが調子に乗ってイカせてるとどんどんよくなって、『もっと、もっと』って少々のことでは許してもらえなくなるんだから」

そういって亀井は松尾に笑いかけ、美和子の後ろにまわると背中を前に押した。美和子はすぐに亀井の意図を察し、文字通りのジョッキースタイルを取って腰を上下に律動させる。

二人の股間を後ろから覗き込んだ亀井の眼に、淫猥な光景がまともに見えた。棒杭のように立ったペニスを肉びらがくわえて上下している。

亀井は、ヌラヌラとペニスを濡らしている蜜を指にすくって、すぐその上のアヌスを指で揉んだ。

「松尾くん、美和子はアヌスも好きなんだよ。前と後ろを同時に攻められると狂ったようになるんだ」

「へ〜、そうなんスか」

松尾が興奮と驚きが入り混じったような表情でいう。

「そう。ま、見ててごらん」

亀井はいいながらアヌスに指を挿し入れていく。

美和子が呻いて突っ伏した。亀井の指に薄い隔壁を通して松尾のペニスが感じられた。

「課、課長っ、それやばいっスよ！」

松尾があわてふためいたような表情と声でいう。

「うう～ん、アアいいッ……ああ～ん、たまんないッ……」

美和子が身悶えながらうわごとのように快感を訴える。

「美和子さん、俺、もうだめです、イッちゃいます！」

松尾が切迫した声と怯えた表情でいった。

「イッて、イッて、いっぱい出してッ」

美和子が軀ごと律動しながら歌うようにいう。

松尾が射精を告げて呻いた。

「アアッ、イクッ——！」

美和子の軀が硬直した。ビクン、ビクンと脈動するペニスの感触と一緒にアヌスが亀井の指を食い締めてきた。

……むずむずするような快感に襲われながら、眼を開けた。

美和子が騎乗位で腰を使っているものと思っていた。だが眼に入ったのは美和子ではなくて、亀井はギョッとした。

「雅代——！」

あろうことか、上になっているのは妻の雅代だった。

「あなた……起こそうと思ってきたら、パジャマの前が突き上がってるんだもの、わたし、ヘンな気分になっちゃって……久しぶりだもの、いいでしょ？」

雅代が緩やかに腰を振りながら、興奮が浮きたった艶かしい表情でいう。妻は下半身裸だった。

「子供たちは？」

亀井は訊いた。

「もうとっくに学校にいったわ」

寝室にはカーテン越しに陽差しが差し込んでいた。亀井の脳裏に記憶がよみがえってきた。昨日は昼下がりから夜の七時頃まで3Pを愉しんで、それから三人で食事をしがてら酒を飲んで帰ってきたのだった。さすがに帰宅したときは疲れきっていた。美和子が数えきれないほどオルガスムスに達した間に若い松尾は四回射精し、亀井にしてから二回も射精したのだ。ベッドに入ると底無し沼に引き込まれるように眠りに就いた……。

そこまでは憶えている。そうだ、そういえば昨日の3Pを夢で見ていたような気がする。それでパジャマの前が突き上がるほど勃っていたのだろうか。それも昨日二回も射精したというのに……。

　亀井は解せなかった。

「だけど、どうしゃちゃったの？　急に元気になるなんて。よほど刺戟的な夢でも見てたの？」

　雅代が腰をグラインドさせながら、妙にうれしそうに訊く。亀井は内心うろたえながらいった。

「さあな……それよりおまえのほうこそ、俺が寝てる間にこんなことをしてたなんて、だいぶ溜まってたのか？」

「だって、ここんとこ、ご無沙汰だから……でも驚いたでしょ？　わたしがこんないやらしいことするなんて。わたしもドキドキしちゃったわ」

　快感に酔っているような艶かしい表情でさきほどと同じようにうれしそうにいう妻に、亀井はたじろいだ。妻が美和子とダブッて見えたからだ。

　雅代の中にも美和子と同じような〈〝しごろ〟の女〉が潜んでいるのかもしれない。

　そう思ったら、下半身だけ裸の、熟れたというより熟したという感じの腰や、熟女ならではの粘った腰遣いや、そして熱く潤みきってペニスにからんできている蜜壺がいままでになくいやらしく感じられて、亀井の欲情を煽った。

亀井は妻の動きに合わせて腰を突き上げた。よがり泣きながら夢中になって腰を振る妻が発散する濃厚なフェロモンに、それがやがて亀井を圧倒するものになることがわかっていながら抗しきれずに——。

◎初出一覧

淫萌え――「特選小説」二〇〇七年二月号
眼鏡美人の人妻――『淫惑』(竹書房ラブロマン文庫)二〇一二年
甘美な毒――「小説NON」二〇〇三年一二月号
男運女運――「特選小説」二〇一二年七月号
犯す女――「特選小説」二〇〇五年一〇月号
熟れた毒――「特選小説」二〇〇四年八月号
〝しごろ〟の女――「特選小説」二〇〇六年七月号

＊いずれも大幅な加筆修正をおこないました。

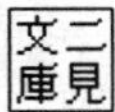

人妻(ひとづま)　淫萌え【みだらもえ】

2021年 3月25日　初版発行

著者　雨宮(あまみや)　慶(けい)

発行所　株式会社 二見書房
東京都千代田区神田三崎町2-18-11
電話　03(3515)2311［営業］
03(3515)2313［編集］
振替　00170-4-2639

印刷　株式会社 堀内印刷所
製本　株式会社 村上製本所

落丁・乱丁本はお取り替えいたします。
定価は、カバーに表示してあります。

ISBN978-4-576-21028-5
https://www.futami.co.jp/

二見文庫の既刊本

他人妻【ひとづま】

AMAMIYA,Kei
雨宮 慶

子どもをいじめから救ってくれた大学生の部屋を夜中訪ねる母親、上司と同僚のセックスを職場で目撃し自分の中に生まれた火照りを抑えきれなくなった人妻、隣人と一緒に満員電車に乗り込むことになり先に手を延ばす熟女……ほか、溜まりに溜まった日頃のセックスの欲求不満を、満たそうとする他人妻たちの姿を描いた、人気の名手による珠玉の官能7編——。